ダーアギト

著：岡村直宏

監修：井上敏樹

講談社キャラクター文庫 002

デザイン／出口竜也（竜プロ）

プロローグ

推定年齢二十一歳の青年は芝生の上に寝て空を仰いだ。
雲ひとつない空だった。
十月初旬の柔らかい日射しが心地いい。
風は木の葉を揺らし、金木犀《きんもくせい》の甘い香りを運んで青年の鼻をくすぐった。
甘い味がするのを期待して青年は風をなめてみる。
味はしない。残念。
それでも、何もかもが初めて体験することのようで青年はうれしい。
朝起きることや夜眠ること、食事を取ること、そんな日々の営みも新鮮だった。
記憶喪失《きおくそうしつ》になってよかったと青年は思う。
毎日毎日、記憶喪失になってもいいと思う。
どうしたら毎日記憶喪失になれるのか——。
うんうん唸《うな》りながら考えて、いい方法が思いつかずあきらめかけたころ、自分の名を呼ぶ声がした。

　半身を起こして声のしたほうに顔を向ける。

　ベージュ色のジャケットを肩にかけた中年男性が額の汗を拭《ぬぐ》いながら歩いてくる。

　青年は笑顔で朗らかに答える。

「おはようございます、美杉《みすぎ》先生」

「聞いたよ、ずいぶん元気になったそうじゃないか」

　言いながら美杉は優しい眼差しを青年に向けた。

「はい、おかげさまで」

　青年がいるのは病院の敷地内にある庭だった。

　昨日は屋上で洗濯物の白いシーツが乾くのを一日中眺めていた。

　一昨日は待合室で知らないお婆さんとずっと話しこんでいた。

　明日は病室の窓外に広がるキャベツ畑に行ってみようと思っている。

「驚くべき立ち直りの早さだな。普通記憶をなくした人間はもっと思い悩むものなのだが。からっぽな自分自身をどう扱っていいのかわからずにね」

　青年はおもむろに空を見上げた。

「あんまり天気が良かったから……朝目が覚めたらすごく空がきれいで、なんだかうれしくなっちゃって」

美杉もつられて空を見つめた。

澄みきった秋の空が美しい。

美杉は空の美しさを味方にできる青年の感性を頼もしく思った。

「ところで」青年の隣に腰を下ろして美杉が尋《たず》ねる。

「前に話した件なんだが気持ちは固まったかね？」

「先生の家で暮らす、って話ですよね」

友人の家で居候《いそうろう》しないかと、青年は担当医から提案されていた。

病院の外で生活することで何か思い出すことがあるかもしれないという。

美杉は強要せずに穏やかな口調で告げる。

「我が家に来ないか？　居候ならすでに一人いるし、何も遠慮することはない。それに妻が海外に出張中でね、君が家のことをやってくれると私としても助かるんだ」

青年は美杉にあたたかいものを感じていた。

きっとこの人が住んでいる家も同じくらいあたたかいのだろう。

この前病室のベッドでそんなことを考えていたら看護婦から「何かいいことでもあったんですか？」と聞かれたのを思い出す。

思いきり幸せそうな顔をしていたらしい。

だから返事はすでに決まっていた。

「お世話になります」

言って少しおおげさに頭を下げた。

美杉はうれしそうにうなずいて青年の手を取り握手を交わした。

「そうそう、君の名前なんだが……」

「おれの名前……津上翔一《つがみしょういち》、ですか？」

津上翔一――。

ある日青年は担当医にそう名づけられた。

病院内で便宜的に使うためということだった。

美杉は、病院を出てもその名前を使い続けるかどうか尋ねてくる。

「おれ、もう『翔一』って呼ばれるのに慣れちゃいました」

仮の名前をもらったとき、青年はさっそく自分のマグカップに『津上翔一』とマジックで書いてじっくりと眺めてみた。

まんざらでもないと思った。

とくに『翔』の字は空を連想させていい感じだ。

青年から今の名を気に入っていることを聞かされて美杉は安堵《あんど》した。

「よし、少し早いが退院祝いだ。何でも好きなものをおごろうじゃないか。寿司かね、焼き肉かね、言ってみなさい」

「ん～～～……」

しばらく考えてから青年ははにかんで答えた。

「すいません、おれ、好物も忘れちゃったみたいなんで、全部いただきます」

第一章

1

　あぁ、これからどうなるんだろ、わたし……どうやって生きていけっていうのよ……もう生きてなんかいけない……そういえば宿題やってない……財布の中少ない……グリーンピース食べれない……ダメ……なんかもうとにかくダメ……。

　て、また心が萎《な》えてる……こういう日って多いよね、わたし……でも今日は特別ヒドイなぁ……人に会えるような気分じゃないよ……人がいっぱいいるトコなんて絶対無理……うう、太陽が眩《まぶ》しすぎる……溶けちゃうよ……。

　わたしはカーテンをぴちっと閉めた。

　わたしの心模様とは正反対の晴れ渡った空を完全に遮断してやった。

　それでももう一度ベッドに潜りこんで丸くなる。

　今日は一日寝ていよう。うん、それがいい。

「真魚《まな》ちゃん、おはよー！　気持ちいい朝だね！」

　ドアの向こうから聞こえてきた能天気なくらいに明るい声。

　こんな気分のときは少しイラッとする。

「早く降りてきなよ。今日の朝ごはんはさ、ちょっと自信あるんだよねぇ～」

わたしはかけ布団からだるそうな顔を出して元気のない声を返した。

「おはよう、翔一君……あのさ、今日なんか調子悪いんだよね……だから、学校に休むって電話しといて」

「あっ、もしかして風邪ひいた？　まさかインフルエンザとか？　最近はやってるって聞くし」

「そんなんじゃないって……心配しなくていいから」

「おれ、あとでおかゆ作るからさ、あったかくして寝てなよ」

足早に階段を降りていく音が聞こえた。

余計な心配させちゃったかな……？

そう思いながら枕元に置いてある折り紙に手を伸ばした。

束から適当に引き出した水色の折り紙を寝たまま顔の前で折りはじめる。

こうやって指を動かしていると心が落ち着く。

わたしにとって折り紙は精神安定剤みたいなもの。

折るのは何でもいい。鶴でもカエルでもやっこさんでも。

ただ、今日みたく憂鬱《ゆううつ》な日に折るのは決まっている。

なぜかわたしは箱を折る。

箱に特別な意味はない。箱なんていかにも何かありそうだけどホントにない。

かけ布団の上にはもう三十個くらい乗っている。

黙々と箱を折り続ける女ってどうなのかとわたしは思う。

端から見たら絶対キモイ。

妖怪っぽく『折り紙箱女』とか呼ばれそう。

こんな癖(?)、だれにも言えないし、知られたくもない。

でも小四のとき、部屋で箱を折ってたらお父さんが鯛焼き持って入ってきて、見られちゃったんだよね……。

あれは人生でいちばん気まずい瞬間だった……。

部屋中に散らばった箱を見てお父さん、「真魚は箱作りの天才だなあ」って誉《ほ》めてくれたけど、わたしはお父さんを部屋から追い出した。

それで二度と部屋に入らないように言ったんだっけ。

それ以来お父さんが部屋に入ったことはない。

ちょっと、かわいそうなことしたかな……?

叔父さんには絶対見られないようにしなきゃ。

心理学的な見地から分析とかされたらイヤだし……。

て、そんなこと考えてるうちに箱の数が尋常じゃなくなってた。

百個はあるな……。

いつもどおりこっそり燃やそ。

折り紙箱女ことわたし、風谷《かざや》真魚はひたすら箱を折り続けた。
するとまた翔一君がドアの向こうから呼びかけてきた。
おかゆを持ってきてくれたみたい。ありがたい。
急いでかけ布団の上の箱をベッドの下に隠してから入るように言った。
「おかゆどーさま」
出た、翔一君のびみょーなダジャレ。
『おかゆ』と『お待ちどおさま』って、どうなんだろ？
うまくはないと思う。『お』しか合ってないし。
本人としては、自信あるんだろうなぁ……満面の笑みでわたしを見てる。
仕方ない。そのお盆に乗った鍋に免じて、特別におまけしてあげる。
「まああかな」
と、わたし。
翔一君はベッドの横に正座する。
鍋からレンゲでおかゆをすくい、フーフー冷まして、「はい、あーん」……て、すっかり病人扱い。

何気に顔近いし……。

相変わらずふやけた笑顔だなぁ……。

でもこの笑顔を見てるとなんかすべて許せる気になる……。

やばい……このまま見続けたらわたしの顔もふやけそう……。

レンゲをパクッ、素早く顔を横にそらした。

「……おいしぃ」

「おれの真心が詰まってるからね」

このセカンド居候《いそうろう》、料理はプロ並みだし、まめで気が利くし、びみょーなダジャレが玉に瑕《きず》だけど、イケてる男子の部類に入ると思う。

家事もよくやってくれてる。わたしなんかファースト居候のくせしてちっともやらないっていうのに。


正直、叔父さんから新しい居候が来るって聞かされたときは絶対無理だと思った。

知らない人とひとつ屋根の下で暮らすなんてハードル高すぎ。

しかも歳の近い男の人で、おまけに記憶喪失《きおくそうしつ》なんて……わたしは少女漫画の主人公じゃないって。

そんなふうに思って、不安になって、悩みまくった。

それでもどう接しようか少しは考えた。

けどますます無理な気がしてきて、結局、部屋が箱だらけになっただけだった。

でも、なんとかなったんだよね。

やってきた翔一君は最初から今みたいな感じで優しかったから。

今日みたいにわたしが学校をサボってたときだった。

翔一君、ふいに初めて家に来て、何を話していいかわからなくてドギマギしてるわたしに、冷蔵庫の残りものでお昼ごはんを作ってくれた。

食べたことないほどおいしいチャーハンだった。

「おいしい」

それがわたしが翔一君に言った最初の言葉。

そうしたらなんだか話しやすくなって、その後も作り方を聞いたりして……。

そういえば、翔一君と出会ってから箱を折る日が減った気がする。

翔一君といるとなんか安心するんだよね。

「ごちそうさま」

と満足なわたし。

鍋にはまだ半分残ってる。

せっかく作ってくれたのに悪いけどもうお腹いっぱいなんだよね。

こんなだから体は大きくならない。痩せっぽちだ。

わたしの小食を知っている翔一君は嫌な顔ひとつしないで鍋をかたづけると、なぜかタオルを持って戻ってきた。

「汗かいてるだろ？　体、拭《ふ》いてあげるよ」

「は？」

とんでもないことを言い出した。

「ほら、ちゃちゃっと脱いで」

「い、いいって……」

わたしが女ってこと、わかってるんだろうか？

ひょっとして子供扱いしてる？

高校生だよ、高校生！　十六歳なんだよ！

わたしだってそれなりに成長してるんだから！

……胸は、自信ないけど……。

「どうしたの？　早く脱ぎなよ」

そんなに見たいなら見せてあげる……。

わたしの肌見てエッチな妄想しちゃえっ！

「わかった……脱ぐからあっち向いてて」

翔一君は「うん」とうなずいて体ごと窓のほうに向く。

わたしはパジャマのボタンをひとつずつ外していく。

……ドキドキしてきた……。

「いいよ……こっち向いて……」

翔一君がわたしに向き直る。

わたしは彼に背を向けている。

腕で胸を隠してパジャマの上着を肩にかけてる。

「パジャマ、取って……」

「うん」

翔一君はわたしの背中を滑らせて上着を下ろす。

きれいに畳んで脇に置いて、タオルを三つに折って背中にそっと当てた。

お湯で絞ってあってあったかい。

翔一君は何も言わず、強くもなく弱くもない、ちょうどいい力かげんで拭いていく。

気持ちいい……。

考えてみたら、お父さん以外の人に背中を拭いてもらうのって初めてだ。

翔一君は今何を考えてるんだろう？

エッチな妄想してるのかな？

「真魚ちゃん」

「ん？」

「真魚ちゃんの背中って、けっこう固いね」

え……。

それ、女子に言うこと……？

「に、肉づき悪いから……わたし……」

「もっと食べなきゃ」

「わかってる……」

背中を拭き終えると医者みたく安静にするように告げて、翔一君は部屋から出ていった。

なんかもうわたしは箱を折る気分でもなくなっていて、ベッドから出て机に向かいノートパソコンを開いた。

ネットにつないでポータルサイトのトピックスをぼんやり眺める。

ある見出しに目が留まった。
・縄文時代の地層から男性の遺体。
世間を騒がせてる例の事件かも……。

そう思ってクリック、全文を読んでみる。

やっぱりそうとしか思えない。

遺跡の発掘中、掘り起こされた形跡のない縄文時代の地層から死後数日しか経っていない男性の遺体が発見されたらしい。

身元は判明したそうだから、土の中で生き続けてた縄文人が最近になって死んだってわけじゃないみたい。

じゃあ、タイムパラドックス？

て、その意味よく知らないけど……。

とにかくありえないことには違いない。

やっぱり例の『不可能犯罪』だ。

あぁ……また憂鬱な気分になってきた……。

わたしはベッドに潜りこんでまた箱を折りはじめる。

箱の中に憂鬱な気分を入れ、地中深く深く埋めたい。

できればわたしの秘密といっしょに。

2

入学式からまもない四月初旬のことだった。

文京区立大場中学校の校庭で事件は起きた。

第一発見者はこの中学に通う二年の女子生徒だった。

休み時間中にクラスメイトとボール遊びをしていた彼女は制服のスカートを翻して取り損ねたボールを追いかけた。

思いのほかボールは遠くまで飛んでいった。

校庭の片隅の桜に当たって草むらにまぎれたボールを手にしたとき、視線を感じた。

桜の樹が彼女を見つめていた。

小さな洞《うろ》の中にカッと見開かれた目玉がある。

樹の根元には黒縁のメガネが落ちていた。

見覚えのあるメガネだった。

クラスでいちばん体の大きい、ニキビだらけの男子生徒がいつもかけているメガネと同じだった。

男子生徒は桜の洞の中で死んでいた。

今、桜の樹の周りには立ち入り禁止のテープが張り巡らされ、警察による現場検証が行われていた。

氷川《ひかわ》は洞の中の死体を見上げその精悍《せいかん》な顔を強張らせていた。

警察官になって四年、こんな光景を見るのは初めてだった。

現実感が希薄で、ひどく幻想じみて感じられた。

まるで獰猛《どうもう》な桜の樹が人間を喰《く》らい、その血肉で花びら一枚一枚を薄紅色《うすべにいろ》に色づかせているようだった。

ふいに耳をつんざくようなチェーンソーの音が響きわたった。

同僚の一人が桜の樹を切り開き死体を取り出そうとしている。

ありえない！

もう一度氷川は思った。

コーヒーカップほどの洞の中に人間の死体が埋まっている。

こんなことは不可能だ。

今回の事件も一連の不可能犯罪に間違いない。

現場検証を終えた氷川は警視庁本庁舎の屋内駐車場の一角に車を停めた。

車から降りエレベーターに乗る。

パネルの一ヵ所にカードキーを差しこむと、動き出したエレベーターが関係者以外立ち入ることのできない場所へと氷川を運んだ。

そこは大型輸送用車輛――G《ジー》トレーラーが待機している場所だった。

ルーフに赤色散光灯を備え、後部は心臓部とも言えるコンテナ、そしてフロントには警察のシンボルマークである桜の代紋が輝いている。

「おかえりー。で、どうだった？」

コンピューター機器が設備されたコンテナ内に氷川が入ると、小沢澄子《おざわすみこ》がキーボードを叩《たた》いていた手を止めて振り返った。

氷川は澄子の黒目がちな目で見つめられると身が引き締まるような感じがする。

このまっすぐな目にいつも氷川は慰められ、励まされてきた。

澄子は身長百五十センチほどの小柄な体にだれよりも溌剌《はつらつ》としたエネルギーをみなぎらせている。

女性ながらG３《ジースリー》ユニットの管理官としてだれよりもふさわしい人物だった。

「はい、大場中学の事件ですが――」

「また不可能犯罪ですか？」

言いかけた氷川に尾室隆弘《おむろたかひろ》が口を挟んだ。

そんな尾室のおでこに澄子のデコピンが飛ぶ。

「口を出さない！」

「す、すいません」

尾室は百七十センチほどの平均的な身長に、良くも悪くも平均的なエネルギーを湛《たた》えた何もかもが平均的な男だった。

いつだったかそこがいいと澄子は氷川に語ったことがある。

何もかもが平均的な男なんてそうはいない。

「さ、氷川君、続けなさい」

澄子に優しい口調で促《うなが》され、氷川は事件の報告を続けた。

桜の中の死体、小さな穴から死体を押しこむのは不可能である。

異次元からでも送りこまれない限りあんな状態はありえない。

「不可能犯罪というわけね」

やれやれといった感じで澄子がつぶやく。

「こんな嘘《うそ》みたいな事件がすでに数十件も起きているなんてね……まったく、嫌な世の中になったものだわ」

不可能犯罪の報告例を思い出しながら澄子はため息を漏らした。

人体の自然発火による焼死、壁の中の死体、食後の餓死など、耳を疑いたくなるものばかりだった。

「アンノウン……」

氷川がつぶやくように漏らした。

「今回の犯罪もやはりアンノウンによる犯行と見て間違いないと思います」

「そうね。神出鬼没、正体不明、人間を襲う目的もわからない。『アンノウン』なんてうまいこと言ったもんだわ」

アンノウン（unknown＝不明な）——。

それは本来、国籍不明機に対して使う呼称。

警察は不可能犯罪の実行犯である未知の生物をそう呼んでいた。

今のところアンノウンの存在は公にされていない。

しかし一般市民の中には目撃者もおり、アンノウンなる猟奇殺人鬼の噂《うわさ》は都市伝説のように巷《ちまた》やネットで徐々に広がりつつあった。

アンノウンが初めて確認されたのは最初の不可能犯罪が起きた昨年十月のことだった。

ある日、東京都心のオフィスビルで不可解な転落死があった。

二十階建てのビルの屋上にいた人物が一階の床に転落したのだ。

屋上から飛び下りたわけではなかった。

その女性社員は各階の天井や床をすり抜けて一気にロビーの床まで落下した。

各階で働いていた会社員たちが、天井から降ってきて床に消えていった女性の姿を目撃していた。

恐怖の表情はなかった、という。花の蕾《つぼみ》のようにスカートを脚にからませて落下する彼女は自分に何が起こっているのかわからず、ぽかんとした不思議そうな顔をしていた、という。

この物理的にはありえない転落死事件を皮切りに不可能犯罪は頻発《ひんぱつ》しはじめ、同時に謎の生物の存在が確認された。

いくつもの目撃証言があり、監視カメラにもそれは捉《とら》えられた。

人間ではない。動物とも違う。空想の世界から抜け出してきたような異形の生物。

警察はその映像を学者たちに見せて見解を求めた。

この生物はどこから来るのか、なぜ人を殺すのか、そもそも本当に生物なのか——。

だれもはっきりとした説明のできる者はいなかった。

正体不明の生物は有史以来の生物学上の謎とされた。

まさに『アンノウン』と呼ぶしかなかった。

アンノウンが人間を殺す以上、野放しにするわけにはいかない。

そう考えた警察上層部は明確な方針を打ち出した。

アンノウンを人類の敵と見なし、駆除することを決定したのだ。

そして、G3システムの開発が計画された。


「我々警察はいまだに一体のアンノウンも倒せていません……このままでは犠牲者が増える一方です……！」

深刻な顔を向けて氷川が言う。

「生身の人間じゃどうにもならないのよ。生身の人間じゃ、ね……」

澄子が唇の端でちらりと笑った。

「でも、もうアンノウンに好き勝手させないわ。いよいよ私たち、G3ユニットの出番よ！」

氷川は思わず立ちあがって声をあげた。

「じゃ、じゃあ、ついに完成したんですかっ⁉　G3システムが！」

「待たせてすまなかったわね、氷川君。明日にもロールアウトの予定よ。あとはあなた次第……期待してるわよ、氷川誠《まこと》！」

「………」

氷川は無言のままうなずき、拳を握った。氷川の決意を表して、その握り拳は石のように固い。

氷川誠は父親の遺志を継いで警察官になった。

彼が幼いころ、父親は派出所に勤務する巡査だった。

警察官の制服を着て働いている父親の姿を氷川は誇りに思い、毎日派出所のそばに行っては物陰から父親の勇姿を見つめていた。

氷川にとってヒーローのような存在だった。

だがそんな父親を不幸が襲《おそ》った。

真夜中にコンビニ強盗の通報を受けた父親はフルフェイスのヘルメットをかぶった犯人と格闘になり刃渡り二十センチのナイフで肋骨《ろっこつ》の間を刺されたのだ。

ナイフは胸を切り開き心臓を貫いた。即死だった。

同僚によって逮捕された犯人はヘルメットを取ってみるとまだ子供のように幼い顔で、事実、中学生になったばかりの少年だった。

警察に連行され、取り調べを受けている最中、少年はずっと何かを握っていた。刑事の一人が強引に握り拳を開いてみると、数枚の小銭が音を立てて床に落ちた。コンビニで盗んだお金だった。

氷川の父親は千円に満たない小銭のために殺されたのだ。

当時、中学二年生だった氷川は犯人を憎み、やがて憎むのをやめた。

氷川の中から憎しみが消えたのは父親が死んだときに所持していた拳銃のことを葬式に訪れた同僚から聞いたのがきっかけだった。

父の銃には弾が入っていなかった。それは警察官としての信念の宣言と同じだった。父親は相手がどんなに凶悪であっても命というものを尊重していたに違いない。からっぽの弾倉に吸い込まれるように氷川の憎しみが消えていき、そして氷川は父親を継いで警察官になる決心をした。

氷川はまず、肉体改造からはじめた。

よく風邪を引いたり腹を壊したりする虚弱体質な自分の体を変えることに取り組んだ。栄養学を学び必要な栄養素を効率よく摂取できる献立を考案して母親に作ってもらい、毎日食べ続けた。

放課後はジムに入り浸りボディビルダーを参考にしながらトレーニングに励んだ。

その甲斐《かい》あって高校に上がるころには虚弱体質を克服し、筋肉質の頑健な肉体を獲得していた。

氷川は何事にも努力を怠らず、通信簿にはAが並んだ。

顔立ちも良かったのでモテるにはモテたが、一部の女子たちからは大いに顰蹙《ひんしゅく》を買っていた。

恋愛にかまけている暇はないという思いから、ラブレターをもらっても必ず突っ返していたからだ。

友達といえるものは一人もなく、おおむね、男子たちは氷川を敬遠していた。

なんに関しても、すぐ本気になるからだった。

たとえば体育の授業でラグビーをすれば、みんな適度に手を抜いているにもかかわらず、一人熱くなって全力のタックルをかましていた。

だが、氷川は周囲から『真面目すぎてつまらないヤツ』のレッテルを貼られてもむしろそれが自慢だった。

自分には特別な才能がない、だから人一倍努力しなければならない。

常日頃からそう考えていた。

高校を卒業すると氷川は全寮制の警察学校に入った。

厳しさに耐えられず数日で逃げ出す者も少なからずいる中、しかし氷川はもの足りないとさえ感じ、自由時間も法学などの勉強や筋トレをして過ごした。

ここでも氷川は本気だった。相手が恐怖を感じるほどに本気だった。

たとえば逮捕術の実技では、本当の凶悪犯を相手にしているように鬼の形相で相手を容赦なく制圧した。

卒業後、氷川は駐在として働きはじめた。

勤務態度は生真面目なくらい真面目で、無遅刻無欠勤で定年を迎えるんじゃないかと同僚のだれもが思ったほどだった。

あるとき、大型台風の影響で土砂災害が起きたことがあった。

住民の避難誘導に当たっていた氷川は民家から逃げ遅れている老夫婦を目撃した。

津波のように押し寄せる土砂が今まさに民家を飲みこもうとしているところだった。

氷川は民家に飛びこみ、間一髪で老夫婦を救い出した。

人命を守るためなら危険を顧みずに行動できる男——。

そんなヒーローのような人間として氷川は同僚たちから一目置かれるようになった。

この功績は警察上層部にも評価され、氷川は警視庁捜査一課に配属された。

そしてアンノウン対策のプロジェクトが立ちあがってまもない昨年十一月、Ｇ３システムの装着員の候補者として声がかかった。

氷川は迷わず装着員に志願した。

まもなく志願者たちの適性審査が行われた。

身体能力、学習能力、状況判断能力など、あらゆる角度から装着員としての適性がチェックされ、志願者たちは次々と篩《ふるい》にかけられていった。

その結果、氷川は最終候補の中に残った。

最終審査では戦闘シミュレーションが行われた。

実際にG3システムを装着したときと同じ負荷が体にかかる状態で、コンピューターが制御する立体映像の仮想アンノウンと一対一で戦ったのだ。

こうしてすべての審査が終了した。

後日、警察上層部に呼び出された氷川はそこでG3システムの装着員に任命された。

氷川はその場で宣言した。

選ばれたことを誇りに思い、選ばれなかった者たちの分まで懸命に戦い抜くと。


運転席のシートにもたれて氷川は缶コーヒーのプルトップを引いた。

ひと口で体がのど元から温まる。

四月中旬とはいえエンジンを切った夜の車内は肌寒い。

フロントガラス越しに見える一軒の家に氷川は目を戻した。

都内の住宅街にあるその家は二階建ての一軒家で、庭に面した窓からはリビングの明かりが漏れている。

護衛対象は先日、中学校の校庭で、桜の樹に飲まれるように死んだ男子生徒の父親だった。四十二歳、会社員。

これまでの犯行からアンノウンが血縁者、正確には二親等までの親族をターゲットにすることがわかっていた。

殺された男子生徒の母親も翌日に同じ手口で殺害された。

そのとき氷川はG3システムの配備が間に合わなかったために護衛任務に就けず、日課である装着員用の体力強化訓練に励んでいた。

だが今は、上層部をはじめ警察全体の大きな期待を背負って護衛にあたっている。

氷川はみなぎる闘志と緊張で全身の筋肉が徐々に燃え上がるのを感じていた。

今夜あたり現れるかもしれない……。

氷川は漠然とそんな気がしていた。

護衛対象のくたびれた男は、リビングのピアノの前に座ってつぶやくような演奏をはじめた。

つっかえつっかえの、不器用なそのメロディーには聴き覚えがある。

たしか『エリーゼのために』だ。もしかしたら殺された息子か妻が好きだった曲なのかもしれない。

男はくり返し、憑《つ》かれたようにピアノを弾き続けた。

氷川は路上に止めた車から周囲への警戒を怠らない。

ふと、闇の中になにか赤いものが目に入った。

街路樹の陰で一メートル以上もある深紅のスカーフがなびいている。

他の車から数人の刑事が飛び出してスカーフに向かって銃を向けた。

スカーフに続いて赤い眼光が闇に光り、豹《ひょう》と人間を融合させたようなアンノウン＝ジャガーロードが姿を現す。

氷川もあわてて車外に飛び出し銃を構えた。

目の前でアンノウンを見るのは初めてだった。

とでも言うような重く生暖かい息づかいがおよそ五メートルの距離を越えて伝わってくる。そのありえないものが存在する存在感に空気がぴりぴりと震えている。

逃げろ、氷川の本能がそう教えていた。逃げろ、戦ってはいけない。

氷川はぐっと奥歯を噛《か》み本能からの声を押し殺した。本能を押し殺すのがある意味で警察官の仕事だと初めて知る。

ふと、アンノウンは意味不明の仕草をした。左手で右手の甲に五芒星《ごぼうせい》をつぶしたような模様を描く。それはアンノウンが人を殺すときに必ず切る、闇《やみ》を象徴する殺しのサインだった。

刑事たちはいっせいに斑《まだら》の体毛に覆《おお》われたジャガーロードに向けて発砲した。

その首に巻かれた赤いマフラーが風に揺れる。

引き金を引く氷川の頭に父親の姿が思い浮かんだ。もしかしたら父親は幸せだったのかもしれない、そんな考えが頭に浮かぶ。父はからの銃を持つことができた。それは自分には許されないことだ。命を守るために銃を撃つ。

だが、無数の弾丸はジャガーロードに達する前に消滅した。ピタリと空中で静止して塵《ちり》になって風に消える。

『エリーゼのために』が続いている。

「氷川、頼む！」

氷川は年長の刑事の言葉の意味を理解した。

保護対象者を守らなければならない。

氷川は素早く窓から家に飛び込み、男をピアノの前から引き剝《は》がし、自分の車に放り込んでエンジンをかけた。

無線で澄子に連絡をとり、Gトレーラーの出動を要請する。

妻と息子を失った男は不思議なほど落ち着いていた。その唇で『エリーゼのために』をハミングしている。

車を走らせながら氷川は刑事たちの絶叫、悲鳴を聞いていた。

バックミラーに炸裂《さくれつ》する弾丸の閃光《せんこう》と何本もの赤いマフラーの閃《ひらめ》きが見える。

違う、あれはマフラーではない、とすぐに気づいた。

刑事たちが流す血の軌跡だ。

思わず氷川がブレーキを踏んだとき、Gトレーラーの独特のサイレン音が聞こえてきた。

赤色散光灯を光らせながら急行したGトレーラーが氷川の車の前で止まる。

氷川は素早くトレーラーに乗り込み、コンテナ内で装着を開始した。

第三世代型強化外骨格および強化外筋システム——通称、G3システム。

その各ユニット——胸部、脚部、腕部が次々と氷川自身の手によって彼の体を覆っていく。

最後に頭部ユニットが澄子の手でセットされた。

尾室がモニターで装着状況にミスのないことを確認する。

「装着完了」

氷川誠はハイテクの鎧《よろい》を纏《まと》いし青き戦士——G3に変身した。

澄子がキーボードを操作しコンテナのハッチを開けて戦闘を告げる。

「0132《まるひとさんにー》、G3システム、戦闘オペレーション開始！」

G3となった氷川は専用の白バイ——ガードチェイサーで出撃した。

フロントカウル中央のパトライトを回し、サイレンを響かせて道路を疾走するガードチェイサーは五秒後に時速二百キロに達し、そのままジャガーロードに突っ込んで行った。

一歩脚を後ろに引き、半円を描いてガードチェイサーをかわしたジャガーロードは大地を踏むG3をじっと見つめた。

ジャガーロードの頭上に天使のような光の輪が出現した。

なんの冗談だ、と氷川は思った。おまえが天使であるはずがない。

G3は左サイドカウルのトランクから専用ハンドガン——GM-01を引き出して構えた。

「GM-01、アクティブ。発砲を許可します」

頭部ユニットに内蔵された小型スピーカーから澄子の声が響き、遠隔操作によって安全装置が解除された。

トリガーを引き銃弾を発射する。

内臓を揺さぶるような重い銃声が十回以上鳴り響いた。

避ける間も与えずに撃ちこんだ銃弾はジャガーロードの後頭部と背中に命中した。

やったか？

そう思った直後、撃ちこんだすべての銃弾がアスファルトに落ち、乾いた金属音を立てて散乱した。

ジャガーロードの赤い眼光は瞬《まばた》きひとつせずG3を見つめている。

効かない！　そんな……！

次の瞬間、ジャガーロードの体がふわりと宙に浮き、落石のような蹴《け》りがG3の胸部にずしりと響いた。

大きく吹っ飛ばされたG3が路面を転がり、その衝撃に氷川は自分の意識が急速に遠のいていくのを感じていた。

ふざけるな、と心で叫んだ。まだはじまったばかりじゃないか。

氷川は遠ざかる意識に手を伸ばし、強引に肉体へと引き戻した。

おれは父さんの銃弾だ、父さんが銃に込めることのなかった銃弾だ、もしアンノウンを前にしたら父さんもきっと弾を込めた、弾丸を込めて発砲した、おれは父さんの弾丸だ、だからけっしてあきらめない、弾丸のように前に進む。

G3はゆっくりと起き上がり、ジャガーロードに向かって突っ込んでいった。

「氷川君！」

モニターでその様子を見つめながら思わず澄子は声をあげた。

その日、G3システム装着員最終審査の日、澄子が生まれて初めて見るような澄みきった青空が広がっていた。長いこと見上げていると、文字どおり吸い込まれそうな青空だった。

今日は何かいいことがありそうだな、そう思いながら澄子は厚いコンクリート壁に囲まれた審査会場に足を運んだ。

澄子は審査席に座って警察幹部たちとともに、選び抜かれた十五名の最終候補者たちのパフォーマンスを吟味した。

十五名の若者たちは特殊なフルフェイスのヘルメットとレザースーツを着用し、一人ずつ仮想アンノウンと戦った。

ヘルメットは目にコンピューター制御のアンノウンの映像を見せ、レザースーツは体にG3システムを装着したときと同じ負荷と敵の攻撃による衝撃を与える。

それは限りなく現実に近い戦闘シミュレーションだった。

強化ガラスで隔てられた別室で澄子は候補者たちを観察した。

華麗に戦う者、力強く戦う者、しなやかに戦う者、頭脳的に戦う者——。

澄子は正直、退屈だった。

どれもこれもぴんと来ない。

やれやれ、と澄子は思った。こんなことなら青空の下を散歩して公園で昼寝でもしてればよかった。

澄子に言わせればG3の装着員に必要なのは力でもなければ頭脳でもなかった。

もちろん、そういったもののもあるほうがいいのは当然だが、本当に大事なのはもっと別の何かだった。

あ〜、焼き肉が食べたい、そう思ったときに目の前に氷川誠が現れた。

開始早々、気合の声をあげて氷川は仮想アンノウンに突っこんでいった。

澄子は目を見張った。

何なの、あの子……⁉　……ズタボロじゃない……。

氷川はいいようにやられていた。

しかし倒れてもすぐに立ちあがる。そしてまた向かっていく。まるで不屈の意志の塊だった。永遠に近い時間をかけて岩盤を貫く水の滴《したた》りにもどこか似ている。

澄子はその無謀なひたむきさから目が離せなくなっていた。

やがて思いがけない氷川の一撃が仮想アンノウンの顔面を捉《とら》えた。

澄子は目を細めた。

「おもしろい子ね」

そのひとことで氷川は装着員に選出された。

氷川誠は今、あの最終審査のシミュレーションと同じようなひたむきさで戦っていた。

何度倒されても立ちあがり、立ちあがってはまた倒される。

自分自身への憤りを力にしてG3は頭からジャガーロードにぶち当たった。

だが微動だにしない。

反撃の膝蹴りがG3の顔面を捉える。

がむしゃらにパンチを繰り出すG3だがカウンターの一撃が腹部に叩きこまれた。

G3の青い金属ボディから血飛沫《ちしぶき》のように火花が飛び散る。

「腹部ユニットにダメージ！」

「姿勢制御ユニット、損傷！」

「G3システム、戦闘不能……！」

尾室が焦りの表情で澄子を見上げた。

澄子は堪らず声を張りあげる。

「オペレーション中止！　氷川君、離脱しなさい！　氷川君っ！」

倒れたG3の腹部をジャガーロードが幾度となく踏みつける。

遠ざかる意識を何度も引き戻し、氷川は立ちあがって背後の街路樹にもたれかかった。

G3の頭部ユニットの中で、氷川はギョッと目を見張った。

もたれた街路樹の洞の中から男の顔が覗《のぞ》いていた。

それはさっきまで氷川が保護していたあの中年の男だった。男の指も唇も、『エリーゼのために』を奏でることはもはやない。

馬鹿な、と氷川は唇を噛んだ。いったいいつの間に！

氷川は改めてアンノウンの能力の高さを痛感した。おそらくジャガーロードは氷川が気を失った数秒の間に男を殺したのだ。

洞の中の顔はひとつだけではなかった。

立ち並ぶ街路樹のあちこちに刑事たちの顔が浮かんでいる。それらのひとつひとつが、暗闇にぼうっと浮かんだ大輪の花のようだった。

「うおおおおお！」

氷川は血の出るような雄叫びをあげジャガーロードに摑《つか》みかかった。もう戦術も何もなかった。ただ、がむしゃらに突っ込み、腕を、足を振り回す。

G3は隙《すき》だらけだった。いいようにジャガーロードのキックやパンチを全身に浴びる。

ついにバックルのゲージランプが完全に消えた。

各ユニットが機能を止める。

澄子の声が空しく響く。

氷川はもはやただの鎧をまとっているにすぎなかった。

それでも――。

アンノウンを……アンノウンを、倒すんだ……！

心は折れていなかった。

ふいに攻撃の雨がやんだ。

わずかな静寂の後、ジャガーロードがうめくような低い声でつぶやいた。

「ＡＧＩＴΩ……」

アギト――。

氷川にはたしかにそう聞こえた。

氷川はアンノウンが言葉を発したことに驚いたが、次の瞬間にはさらに驚くべきものを目撃して凍りついた。

闇の中から金色の生命体が現れ、ジャガーロードと向かい合ったのだ。

昆虫を思わせるような真っ赤な複眼、頭には金色に輝く二本の角を持ち、腰のベルトのバックルがくり返しまばゆい閃光《せんこう》を放っている。

何だ、あれは……？　アンノウン、なのか……？

全身の痛みに耐えながら、氷川はかろうじて意識を保っていた。

いや……違う……。

ジャガーロードに比べると、金色の生物はどこか人間に近いシルエットを闇に刻んでいる。

ジャガーロードは咆哮《ほうこう》をあげ、アギトと呼んだ金色の相手に襲いかかった。

氷川は驚愕《きょうがく》に目を開いた。

アギトの戦いぶりが信じられない。

アギトはジャガーロードの拳を手のひらで受け止め、そのまま空高く相手の体を投げ飛ばした。空にかかった月を通ってジャガーロードはまるでコンパスで引いたような半円を描いてどさりと地面に落下した。

同時にアギトの頭部、その二本の角がばらりと六本に展開した。

アギトが踏む大地に龍《りゅう》の顔のような紋章が浮かび、大地のエネルギーがその足に集束していく。

アギトはそのまま月に向かって跳び上がった。

月光を浴びたその姿は神話の中の昇り龍のようで、次の瞬間、アギトは空の高みから光のような蹴りを放った。

ジャガーロードの胸に凄まじい衝撃が走り、ボンッと背中に貫通して風穴を開ける。

轟音《ごうおん》とともに爆発してジャガーロードは跡形もなく消滅した。

音もなく着地したアギトは平然と踵《きびす》を返し歩きはじめる。

「待て……待ってくれ……」

ガードレールに手をついてようやく立ちあがった氷川は歩き去るアギトを追いかけようと手を伸ばした。

脚部ユニットが火花を上げ、膝を着く。もう一歩も歩けない。

意識を失う寸前、氷川は一度だけこちらを振り向きゆっくりと闇に姿を消すアギトの背中を見送った。

3

「う～～～～～～～～～～……ん。今日もいい天気だ」

二階のベランダに出た翔一は日の光を浴びながら大きく伸びをして空を仰いだ。

天気がいいと洗濯物を干すのもまたいちだんと楽しい。

翔一は慣れた手つきで洗濯物をハンガーに吊るし、次々と物干し竿にかけていった。

ワイシャツ、セーター、ブラウス、カーディガン、トレーナー、フリースジャケット、ジャージ、長袖シャツ、ランニング……。

そこまで干して『しまった！』と気がつく。

真魚に「わたしの下着は洗わなくていいから」と再三言われていたのを思い出したのだ。

過去にも同じポカを二度やっていて、二度とも翔一は平身低頭謝っていた。

そのとき真魚は顔を真っ赤にしてうつむき、怒りの声をあげる代わりに翔一の左足の脛《すね》を思いきり蹴った。二度ともだ。

翔一は三度目の脛蹴りを想像して顔を歪《ゆが》め、左足の脛をそっとさすった。

洗濯物を干し終えると掃除に取りかかった。

リビングの絨毯《じゅうたん》にしっかりと掃除機をかけ、フローリングの床や窓を隅々まで拭き、トイレの洋式便器をごしごし磨く。

美杉家に来てから毎日やっていることだが、言われたからやっているわけではない。翔一は自らの意志でやっている。

家も人間と同じ。きれいになれば気持ちいい。喜んでくれる。

そんな思いで翔一は毎日家中を掃除してまわっていた。

掃除が終わると買い出しに出かけた。

買い物籠を握った手を大きく振りながら覚えたばかりの歌を歌う。

夕焼け小焼けの
赤とんぼ
負われて見たのは
いつの日か

いい歌だと思う。

美杉はときどき記憶を取り戻すきっかけになるかもしれないと家のオルガンを弾きながら翔一に下手糞《へたくそ》な歌を歌ってくれた。

赤とんぼの歌も美杉が教えてくれた歌だった。

なぜか懐かしい感じがする。

もしかしたら、と翔一は思う。おれも子供のころ夕焼けの赤とんぼを見たことがあるのかもしれない。

なじみの商店街のなじみの魚屋の前まで来て翔一は立ち止まった。

陳列台にずらりと並んだ色とりどりの海の幸を見回していると自然と顔がほころんでくる。

翔一は自分を呼んでいる魚を探すこの瞬間が好きだった。

鯖《さば》と目が合い、鯖が笑った。

これだ、と思い鯖の口に小指を突っ込む。

間違いない、小指を通して鯖の声が翔一の全身に伝わってくる。

おいらはうまいぜ、そう鯖が言っている。

「おじさん、この鯖三匹ください！」

「さっすが、目利きだねえ。今日は鯖が一番のお勧めなんだよ」

魚屋の大将はいつも翔一の目利きぶりに感心し、いつも同じ質問をくり返した。

「でも、魚の口に指突っこんで何かわかるのか？」

「はい」翔一の答えはいつも同じだった。

「魚がおれの中で泳ぎたがってるんです」

夕飯の買い物から戻った翔一はガーデニング用のエプロンをつけて軍手をはめ長靴を履いて庭に出た。

車二台が停められる広さの庭は翔一が腐葉土を敷き詰めた菜園だった。

丹精込めて育てたネギやキャベツが活き活きと実り、開いている。

翔一は大きく育ったホウレンソウを園芸用のハサミで切り取ってひと株ずつざるに載せた。

ゴマ和え……バターソテー……ナムル……新作の実験をしてみるのもありだな……。

頭ではホウレンソウを使ったさまざまなレシピを考えている。

「ただいまー」

門扉が開く音といっしょに声が響いた。

肩まであるストレートの黒髪を揺らしながら居候の先輩が庭のほうへ歩いてくる。

「あっ、おかえり」

ブラウスにグレーのブレザー、赤いネクタイ、チェックのミニスカート、紺のソックス

——真魚には制服がよく似合う。

「ちょっと待ってて、すぐ着替えてくるから」

「今日は手伝わなくていいよ。もうすぐ終わるからさ」

「……そう」

残念そうにつぶやくと真魚は翔一の横にしゃがんでホウレンソウを眺めた。

「この前植えたばかりなのに……翔一君が世話すると、なんか野菜の生長早いよね」

「そりゃあ、愛だよ、愛」

収穫したホウレンソウを赤ん坊のように抱いて翔一は言った。

「もしかして翔一君、農家の生まれかも」

「それは……ノーかな」

言って「はっはっは」と大口開けて笑い、ダジャレを自画自賛。

「はいはい」

真魚は慣れた様子で受け流した。

「ねぇ、翔一君」

しばらくホウレンソウを切り取る翔一の横顔を見つめていた真魚がためらいがちに声をかけた。

「翔一君が来てもう半年だね。なにか思い出したこと、ある？」

額の汗を拭《ぬぐ》いながら、そういえば何もないなと翔一は思った。

住んでいた場所も、家族も友人も自分の名前も、思い出したことはなにひとつない。それどころか、自分が記憶喪失であること自体を忘れていたくらいだ。現在が充実している翔一にとって過去はどうでもいいことだった。記憶が戻っても戻らなくてもどっちでもいい。そんなふうに翔一は考えていた。

翔一が覚えているもっとも古い記憶は脱皮するニイニイゼミの様子だった。

翔一はどこかの地面に横になり、うっすらと目を開けると、手を伸ばせば届きそうなところで、樹木を這《は》い上がる一匹のセミの幼虫がぼんやりと見えた。

幼虫はひどくゆっくりと幹を登り、やがて静止して脱皮をはじめた。背中に細い亀裂が走り、中から真っ白いセミが姿を現す。セミは一度だらんと殻から身を垂らし、体を立て直して丸く縮こまった羽根を少しずつ伸ばした。

長い長い時間がかかった。セミが脱皮して羽根を伸ばし切るまで、まるで数年の時間が経過したように感じられる。

夏の終わりを告げるように山には涼風が吹いていた。

風は草木を縫って進み、斜面を下り、そして翔一の髪を揺らした。

山に巻きつくような道路の端で翔一は記憶をなくして倒れていた。

ある意味で、脱皮するセミが翔一の生まれて初めての記憶だった。

翔一は全身、頭から足の先まで泥まみれだった。

Tシャツもカーゴパンツも泥と草に覆われて元の色がわからない。顔も泥色に汚れていて土の味が口に粘つく。

脱皮を終え、空に飛び立っていくセミを目で追いながら翔一は泣き出したいような寂しさを感じていた。

置いて行かないでくれ、そう思った。おれもいっしょに連れてってくれ。

日が落ちかけたころ、山道をやってきた運送業者のトラックが翔一の手前で急ブレーキをかけた。

驚いて車外に飛び下りたドライバーはおそるおそる翔一に近づき、泥だらけの体を揺すりながら声をかけた。

翔一はかすかにうめき声をあげ、息があることに安堵した運転手は病院に連れて行こうと翔一の体を助け起こした。

「服が……汚れちゃいますよ……」

そう言う翔一に運転手は思わず声を立てて笑った。

こんなときに人の服の心配をするなんてなかなか大した奴じゃないか。

運転手によって病院に運ばれた翔一は点滴を打ちながら眠り続けた。

目を覚ましたのは入院して三日目の朝だった。

いったいなにがあったのかと医師に聞かれ、翔一はしばらくの間、じっと自分の内面を探った。

なにも思い出せなかった。

倒れていた理由も、自分自身のことも、何もかも。


「ねぇ、真魚ちゃん、もし過去を思い出して、おれが凶悪な犯罪者だったりしたらどうする?」

翔一は菜園で作業を続けながら真魚に尋《たず》ねた。もちろん本気ではない。なんとなくの冗談に近い質問だった。

ホウレンソウを眺めていた真魚は翔一を見上げた。

「意外と大金持ちのおぼっちゃまかもしれないよ。そしたら結婚してあげる」

「う〜〜ん……結婚はけっこんです」

『結構』とかけたダジャレだった。

ムッとして真魚は立ちあがった。

「つまらない……って、いつもつまらないけど、いちばんつまらない」

そう言い残して家の中に姿を消した。

けっこんいいダジャレだと思ったんだけどなぁ……。

翔一は懲りずに『結構』とかけて一人笑った。


夕方、美杉家の主人——美杉義彦《よしひこ》が仕事を終えて帰宅した。

四十代半ばの美杉は大学で教鞭《きょうべん》を執《と》る心理学の教授だった。

友人が翔一の担当医をしていたことから偶然彼を知り、力になれればと思って自ら預かりたいと申し出て半年が経つ。

リビングで夕刊に目を通していた美杉は翔一の『ごはんですよ』の声を聞き、二階から降りてきた真魚といっしょにダイニングに座った。

テーブルの上には翔一の手料理が並んでいた。

ホウレンソウの和え物、ホウレンソウのお浸し、キャベツの浅漬け、白味噌を使った大根の味噌汁、そして白飯。

「じつはもうひと品あるんです」

もったいつけて差し出したのは大皿に盛った鯖寿司だった。

青い薄皮の下で桃色の鯖の身がとろりと脂を滲《にじ》ませて光っている。酢飯の匂いが爽やかな風のように心地いい。

「君が作ったのかね？」

「はい、三枚に下ろした鯖の身を塩でしめ、甘酢に五時間ほど漬けました。あとは外側の皮を剝いで酢飯といっしょに巻き簀《す》で巻けば完成です。やってみれば意外と簡単なんですよ」

ほうほう、どれどれと言って美杉は鯖寿司を頰張った。

「うん、いい、いけるよ、これは」

真魚も「いけるいける」と言い、機嫌を直してバッチリサインを翔一に送った。

「もしかしたらおれ、記憶をなくす前は有名料亭の板前か三ツ星レストランのシェフだったのかもしれません」

そう言って翔一はわははと笑って胸を張った。

「これは……」何気ない風を装って美杉がつぶやく。

「酒の肴《さかな》にちょうどいいな」

その言葉にびくっと翔一の体が反応する。

翔一と真魚はそっと目配せを交わしてこれから襲い来るであろう地獄のような運命の予感に震え上がった。

美杉に酒を呑ませるな——。

翔一が退院する際、そう担当医に強く念を押されていたのだが、美杉の酒癖の悪さは翔一の想像を越えていた。

美杉は酒を飲むにつれてふにゃふにゃになり、べろべろになり、最後にはべろんべろんに酔っぱらった。そして翔一や真魚やテーブルや椅子や炊飯ジャーにからみはじめる。翔一の髪形が気に入らない、真魚のスカートの丈が気に食わない、海外に出張中の妻が恋しい、テーブルが四角いのが生意気である、炊飯ジャーが妻に見える、蛇口の形がネクタイに見える、突然スキーに行きたがる……。

「あの、お酒は、やめたほうが……」

「そうだよ、叔父さん。お寿司にはやっぱりお茶のほうがいいよ。そうだ、この前買った一舗堂の玉露飲んでみない？」

翔一と真魚はなんとか美杉の気を逸らそうと必死だった。

だが、一度酒の誘惑に捕らわれた美杉は聞く耳を持たない。

「そうだ、翔一君、鯖寿司に合う日本酒を酒屋さんに選んでもらいなさい。うん、こういうとき酒屋さんは頼りになる。コンビニじゃこうはいかない」

「先生……お酒は……」

「うん、酒はやはり酒屋さんで買うべきだ。酒屋さんに限る」

そんな美杉のつぶやきをよそに翔一は突然天井を見上げた。

翔一君？

真魚は翔一の不意の表情の変化に気づいた。まただ、と思う。

翔一がときどきこんなふうに厳しい表情を浮かべることに真魚はずっと前から気づいていた。いつもの温和で優しい笑顔が消えて何か大切なことをなし遂げようとする『男』の顔が現れる。こうなるとたとえ翔一の好きな料理をしていても洗濯をしていても真魚と馬鹿話をしていても次に翔一が取る行動は決まっていた。

真魚の予想どおり翔一は家から飛び出して姿を消した。

美杉の期待に反して、翔一はべつに酒を買いに飛び出したわけではなかった。

ただ、心の底から沸き上がってくる不思議な衝動に突き動かされて行動しているだけだった。

その衝動は本能のように翔一の意志を越えて翔一を支配し、膨大な活力を翔一に与えた。

家を出た翔一は三ヵ月前に免許を取り、美杉に買ってもらったバイクに飛び乗ってスロットルを開けた。

翔一が知るはずもなかったが、この夜、氷川誠は初めてG3の装着員として出撃し、アンノウンと戦っていた。

翔一がバイクを止めたとき、前方でジャガーロードにもてあそばれ糸の切れた人形のようにふらつくG3の姿が目に入った。

翔一はゆっくりとバイクから降りて大地を踏んだ。ここが自分の立つ場所だと確かめるように両足を踏ん張る。

それから無言の気合を込め、星を掴むように片手を上げて鋭く叫んだ。

「変身！」

腰にベルト型の身体器官が出現した。

そのバックルに当たる部位から強い光が放たれ、一瞬にして翔一の体を包みこんだ。

光が消えるとそこにもう翔一はいない。翔一はアギトに変身していた。

アギトが闇の中からジャガーロードに歩み寄る。

ジャガーロードの鋭い拳をアギトは手のひらで受け止め、握りしめた。


翔一が初めてアギトへと変身したのは美杉の家に引き取られておよそ二ヵ月目のことだった。初めてではあったが翔一は強烈な衝動に導かれ、アンノウンの前でごく自然にアギトに変身した自分をなんの疑問も抱かずに受け入れた。

あるいは記憶喪失であることが幸いだったのかもしれない。

記憶がなければ今いる自分を受け入れるしかない。

アギトとなってアンノウンと戦う自分がいるならば、それがきっと自分なのだ。

それに翔一は獰猛なアンノウンを倒し、人を助けるアギトの行為が好きだった。

助かった人はきっと明日の朝起きて、またおいしいごはんが食べられる。

翔一は人々のおいしい時間を守れる自分がうれしかった。

翔一にとっておいしいということは自由であることと同じだった。自由だからおいしい。おいしいから自由である。そして自由の反対語は死であるに違いない。

だから翔一は人々を守る。

アギトとなってアンノウンと戦う。

自分がアギトに変身できるのは失った記憶に関係があるのかもしれない。

そう思っている翔一だが、今のところ変身できる理由やアギトの正体について思い出したことは何もなかった。

アンノウンと戦いながら、ときどき、ふと、翔一はあの山道で見た脱皮したセミを思い出した。

戦い続ければいずれあのセミがどこに飛んでいったのかがわかるかもしれない。

そんな気がした。

ジャガーロードを倒して帰宅した翔一を美杉が慌ただしく玄関で迎えた。

「酒はどうした？」

「あ、すいません」翔一は頭を搔《か》き、にゃははと笑った。

「すっかり忘れてました」

「いったい君はなんのために飛び出して行ったんだね」

美杉はあきれた表情で翔一を見つめた。

4

葦原涼《あしはらりょう》は青いプールの底に、胎児のように体を丸めて沈んでいた。

こうしていると限りない静寂が体の芯まで染み込んでくるようだった。

周囲の雑音が完全に遮断され、心までが静かになり、ただ心臓の鼓動だけが聞こえてくる。

競技会の前日にはいつも涼は長い間水の底にうずくまって神経を集中させることにしていた。そうすることによって全身の筋肉に力がみなぎっていくような感じがする。

膨らんだ筋肉が爆発するときを待っているようだった。

涼はゆっくりと目を開いた。

だが、その瞳に映ったのはプールの鮮やかな青ではなく、天井のくすんだ灰色だった。

涼はぼんやりとした頭で自分がアパートの自室で眠っていたことに気がついた。

ここはプールではない。いつも涼を優しく迎え入れてくれたあの余計な物がいっさいない広大な空間の代わりに雑然とした狭い１Ｋの部屋が目の前にある。

俺はいまだ競泳に未練があるのか。

そう思って自嘲《じちょう》に唇を歪める。

こんな体になってもまだ……。


葦原涼は絶え間なく波の音が押し寄せる小さな漁村で誕生した。

その日は記録的な豪雪が村を塞ぎ、荒れ狂う高波の水飛沫《みずしぶき》が葦原家の窓を叩いていた。

助産婦に見守られながら陣痛に苦しむ涼の母親は海の中から出現し、空に向かって立ちあがる巨大な城の夢を見ていた。

その城が天空に達したとき、葦原涼はまさに産声をあげた。

その夢を御告げと信じ、母親は涼の将来を確信した。

この子はいずれ大きなことを成し遂げる人間になるだろう。

だが、父親のほうはそんな妻の想いに水を差した。

それは不吉な夢に違いない。

空に届く城などありえない。それは必ず崩壊する。この子はきっと若死にするに違いない。

涼の父親は典型的な海の男だった。長年にわたる潮焼けで顔は赤銅色《しゃくどういろ》に染まり、その両手はまるでハンマーのようだった。

その手で父親はマグロを釣った。涼の父親は村人のだれもが尊敬する、村で一番のマグロ漁師だった。

物心がついたころから涼は父親の漁船に同乗した。船にいるとき、涼はつねに父親の影の中から父親の大きな背中を見上げていた。父親は魚群探知機や電気ショッカーを導入する仲間たちを軽蔑していた。

それじゃあ、マグロに勝ったことにならない、と父親は語った。漁師なら勘と知識と腕で勝負すべきだ。

涼の父親は海と語り合い、カモメの声を聞いてだれよりも大きなマグロを釣り上げた。

十五歳になると、涼は銛《もり》を持つことを許された。それは涼が父親から一人前の男として認められたことを意味していた。

マグロと格闘する父親の傍で涼は銛を構えた。マグロが浮かび上がってくると涼が銛を放ってとどめを刺す。涼はすぐに腕を上げ、一発でマグロの急所を貫くコツを摑《つか》んだ。

マグロの血が海に広がると、それが勝利の合図だった。

マグロを釣り上げた日には、父親はマグロの心臓を食べさせてくれた。

心臓は売り物にならなかったが、それはいちばんおいしいところだった。

薄くスライスして塩と胡椒《こしょう》だけで焼いたマグロの心臓は、涼のいちばん好きな食べ物だった。

海で生まれた涼は海を産湯として成長した。

自然と泳ぎを身につけた。

涼は海を愛し、同時にまた恐れていた。

海は生きている、と思う。

詩的な意味ではなく、肌感覚で本能的にそう感じた。

十二歳のとき、涼は一度死にかけたことがある。

素潜りでサザエを集めているうちに知らず知らずのうちに今まで潜ったことのない深みに達した。

今日はいつもより息が続く、そう思った。これならもっと深く潜れる。

だが、そう感じるのが溺れることの前兆だとはこのときの涼は知らなかった。

しばらくすると気配を感じた。

人間でも獣でもない。

出会ったことのない何かがじっとこちらを窺《うかが》っている。

あわてて水面に出ようとすると黒い霧のようなものが海の底から漂ってきた。

その黒い霧のような、影のようなものは急速に広がって涼の体を飲み込んだ。

もがいてももがいても振り切れない闇に包まれ、その闇の中に無数の目が光っていた。

海底から立ち上る泡、涼自身が吐き出す泡が目となって涼を無表情に観察している。

ああ、これで死ぬんだ。

海が俺を見ている。海は見ることで人を殺す。

不思議と悪くない気分だった。

恐怖も苦痛もない。むしろ気持ちがいいくらいだ。

涼が口から最後の目玉を吐き出したとき、がっしりした手が腕を摑んだ。

駆けつけた父親によって、涼は死の淵から救出された。

砂浜で何度も水を吐き意識を取り戻した涼を、父親はハンマーのような拳で殴り飛ばした。

海と友達になろうとしてはいけない、と父親は教えた。

おまえにできることは海を恐れることだ、恐れて恐れて恐れることだ。そうすれば海はおまえを愛してくれる。

それからひと月の間、涼は海に入るのをやめた。海を恐れなければならないのなら近づかないのが正しいように思われた。

それでも海は涼を呼んだ。

広いとはいえない島にいる限り、どこにいても波の音が聞こえてきた。

涼はこの世に誕生した瞬間に荒れ狂う海の音を耳にした。

母の胎内にいたときは母の鼓動を聴き、この世界に出たときには波の音が涼の体を抱え上げた。

そんな海から逃げることはできなかった。

涼は再び海に立ち向かった。

潜ることはもうやめた。潜ってしまっては勝ち目はないとわかっていた。

その代わりに泳ぐことを選択した。

涼にとって海面をクロールで泳ぐことは海を切り裂くことを意味していた。

だれよりも大きく海を切ってやりたかった。

そうすれば海は涼という存在を記憶の底に刻むだろう。そうなれば、深く海に潜ったことと等しくなるのだ。

涼は海に対する恐れを忘れはしなかった。

海に入るときは自分なりの儀式を執り行ってその恐れを表現した。

儀式といってもひどく単純なものだった。

海辺に立って約十分間ヨーガ行者のように激しく腹式呼吸をくり返す。それから一度だけパンツと柏手を打って海に向かって頭を下げる。それだけだった。

短く簡単なものだったが涼はこの儀式を通して海に対して礼節を尽くしているつもりだった。礼節は恐れから来る。

涼は毎日のように海に入り、次第に距離を伸ばしていった。

涼の家の前の浜から見ると、遠く北のほうに本島の対岸が灰色の蜃気楼《しんきろう》のように霞《かす》んでいた。

だれもあそこまで泳ぎ切った者はいない、そう父親が教えてくれた。

いつか俺が泳いでやる、それが涼の夢になった。

あの蜃気楼のような対岸を現実のものとして手に触れることができれば、俺は海に勝ったことになる、そう勝手に決めていた。

そんな息子を父親は黙って見守っていたが、母親のほうは心配で仕方がないようだった。

涼の姿が浜辺から見えなくなるほど遠くまで泳いでいくと、母親はパニックを起こして何度も涼の名前を海に叫んだ。

そうして息子が帰ってくると縋《すが》り付くように抱きしめて胸に耳を当てて心音を聴き、息子が本当に生きているかどうか確かめた。

母親にとって涼はいつまでも子供だった。

それもただの子供ではない。

母親は出産のときに見た、あの海から天へと立ちあがる巨大な城を忘れてはいなかった。あれは海神が住む城に違いなく、涼は城から落ちてきた子供だった。

神様からの預かりものだった。

自己流で泳ぎの技術を磨いた涼は学校の水泳の授業でもその力を発揮した。

人を殺すこともある海に比べればプールの水は従順だった。

涼は高校二年生のときに県の大会で記録を塗り替えるタイムで優勝し、いくつかの大学から誘いを受けた。

その翌年に父親が死んだ。

その日、珍しく風邪で寝込んだ涼を残して父親は一人で漁に出かけた。

空も海も穏やかだった。

穏やかすぎるほどだった。

空は一点の汚れもなく澄み渡り、これほど澄み切った空から降ってくるものがあるとすれば、それは花か聖者ぐらいのものだろうと村人たちは語り合った。

その日、父親は帰ってこなかった。

二日目の朝、からっぽの漁船が流れ着いた。

父親の長靴だけがポツリと甲板に落ちていた。

父さんは海を恐れるのを忘れたんだ、と涼は思った。

涼は知っていた。

海に入る際に涼が儀式を行うように、父親も必ず神棚の前で手を合わせた。

その儀式を今回は忘れた。

父親はふっと神棚の前を通り過ぎた。

父は恐れをなくしたのだ。

夫の死を悲しむよりも息子の無事を喜ぶ母の姿に、涼はずっと母親を蔑《さげす》んできた自分の気持ちに気がついた。

母親は涼を見たことがなかった。

母親が愛したのは涼ではない、この世には存在しないもっと別のだれかだった。

父の死の翌日、涼は一人で漁船に乗って海に出た。

帰港した涼は釣り上げた三百キロを超えるマグロを母に贈り、もう自分は子供ではないと言い聞かせた。

俺は一人で生きていく、島を出る。

その夜、涼はいつもの儀式を済ませると、まだだれも泳ぎ着いたことのない蜃気楼のような対岸を目指して泳ぎはじめた。

今までにない勢いで、涼は海を切り続けた。

今までにない大きさで海を切った。

涼にとっての、それが海に対する復讐だった。

十二時間泳ぎ続けて涼は対岸にたどり着いた。

そこはもう蜃気楼ではなく、涼が握ったのは重い手応えのある岩礁だった。

もう海に入るのはやめよう、そう思った。

これからは時間と戦ってやる、海で鍛えた俺の泳ぎがどこまで通用するか、その挑戦が、つまりは時間との戦いになる。

涼は海と決別した。

だが、涼の水泳選手としての生命は、涼が想像していたよりもずっと短いものだった。

涼はその才能に惚《ほ》れ込んだ大学に奨学金を受けて入学した。

およそ一年の間、涼は最高の成績を残した。

一年生でありながら国体に百メートルと二百メートルの自由形で出場し、どちらも日本記録を更新して優勝した。

二年生になった直後、それは起こった。

まず、水の中で生きられるようになった。

何時間水中にいても平気だった。

いったいなにがどうなっているのかわけがわからず混乱し、恐怖を覚えた。

涼は母親が出産のときに見たという夢の話を思い出した。

海中から出現して天に向かってそそり立っていく巨大な城。

おまえは海神の落とし子だと母は言った。

もしかしたら自分は本当に人間ではないのではないか、あるいは人間ではなくなっていくのではないかと疑った。

涼は人に知られるのが嫌で練習中、その必要もないのに息つぎをした。

しばらくすると全身の筋肉が高熱を出し痙攣《けいれん》を起こした。

数日間の入院の後アパートに戻って療養したが、発作のように起こる筋肉の発熱と痙攣は治まらなかった。

涼は、自分の皮を破って得体の知れない生物が誕生しようとしているようなおぞましい感覚に苛《さいな》まれた。そしてそれは現実となった。

その兆候は水泳部のコーチが見舞いに来た際に現れた。

涼はふいに意識を失い、気がついたときにはその手でコーチの首を締め上げていた。

あと数秒遅れていたら間違いなく首の骨をへし折っていただろう。


涼はベッドから起き上がり、コーチが来てから一週間ぶりに家を出た。

自分に何が起こっているのかわからない。

一人でいると不安が募ったが相談できる友人はいない。

涼は徒歩と電車で一時間ほどかかって瀟洒《しょうしゃ》なマンションにたどり着いた。

エレベーターに乗って『402』号室の前で止まった。

少しためらってからチャイムを押す。

「はい」

とすぐに真由美《まゆみ》の声が聞こえてきた。

「………」

涼は返事をしない。やっぱり来るべきじゃあなかった、と思う。いまさら顔を出せるはずがない。このまま帰ろう。

「涼?」

チェーンとロックを外す音がしてドアが開いた。

ショートカットの、大きな瞳が涼を見つめる。

「なぜ、わかった?」

視線を外しながら涼は尋ねた。

「馬鹿ね」真由美はあきれてため息をついた。「そんなこともわからないの?」

「入る?」と言う真由美に「ちょっと歩かないか」と涼は誘った。

一度ドアを閉め、再び現れて涼の腕を取った真由美の唇には薄い口紅が引かれていた。

真由美は同じ大学に通う、元水泳部のマネージャーだった。

友達がいないのは涼が望んだことだった。

島にいたころからそうだった。

幼いころから海に潜ってばかりいた涼は人間関係を築くのが面倒に思うようになっていった。

海は対話を求めない。ただそこにあるだけで時に涼を受け入れ、時に拒絶し、時に荒れ狂い、またある時は優しかった。

海は感情そのものだった。だから友達なんて必要ない。

「あなたしか見えなくなったから」

真由美が水泳部のマネージャーを辞めた翌日、キャンパスで偶然会った涼に真由美はそう説明した。

その夜、涼は真由美を抱いた。

べつに真由美が好きだったわけではなかった。ただ、自分を見ていてくれたことがうれしかっただけだった。

「三ヵ月ぶりかな？　電話しても出てくれないし」

公園に着くと、真由美はベンチに座ってそう言った。

真由美を抱いたことは涼にとってなんの表現でも約束でもなかった。

水泳に熱中していた涼は相手がだれであれ女とつき合う気はなかった。

「最近クラブにも顔を出してないって聞いたけど。なにかあったの？」

「……もう、泳げない……もう選手ではいられないんだ……」

「どうして？」

涼は答えられず目を伏せた。

「勝手よね。そっちの都合で私のことほっといたくせに、今になって私を頼ろうとしてる。そのうえなんにも話してくれないなんて」

「………」

「涼ってすごいわがままで、すごい弱虫なんだよね」

そんなことを言われたのは初めてだった。

両親を含めて、今まで涼がどんな人間か語ったものはいない。

この女はいい女だ、そう思った。

涼はベンチから立ちあがった。

「おまえの言うとおりだ。やっぱり来るべきじゃなかったか」

真由美も立ちあがり、涼の首に腕を回した。

「いいよ、頼ったって。わがままで弱虫な涼が好きなんだから」

ふと、

『襲え……』

地の底からわき上がってきたような低い声を聞いて涼はとっさに真由美を遠ざけた。

『襲え……襲え……』

「どうかしたの？」

真由美の声が遠くなった。

『襲え！』

また、真由美の声が近くなる。

それは血を吐くような叫びだった。

涼の顔は緑色に変色し、歪んでいた。

頭蓋骨を破って昆虫の触角のようなものが現れる。

鉤爪《かぎづめ》状に変形した手を真由美に伸ばした。

「逃げろ」

そう言いながら涼は真由美に近づいていった。

第二章

1

警視庁本庁舎から有楽町方面へ徒歩でおよそ十五分、そこにG3ユニットの行きつけの焼き肉屋はあった。

日が落ちた街で派手な色の電飾看板は通行人の目を引いた。

店内ではアルバイトたちが通路を忙《せわ》しなく行き来し、各個室からは笑い声と肉がジュージュー焼ける音が響いている。

「生おかわり！」

乾杯後の一気飲みで大ジョッキを空けた澄子から注文を受け、アルバイトがきびきびと個室から出ていく。

その個室でG3ユニットの三人は中央に網のある焼き肉用テーブルを囲んでいた。

澄子は肉食系女子ではなかった。本物の肉食だった。

ほぼ毎日、焼き肉を食べる。

氷川や尾室を食事に誘うときも必ず焼き肉と決まっていた。

「生おかわり！」

五杯目のビールを飲み終え、ぷは～と口の泡を拭《ぬぐ》うと、澄子は、

「あなたの言いたいことはわかったわ。おもしろいわね」

と、氷川を見つめて大きくうなずく。

テーブルには二本のスプーンとテニスボールが置かれていた。

氷川に言わせるとそれらはアンノウンの殺害動機を説明するものかもしれない品だった。

スプーンのほうはぐにゃぐにゃに曲がってしかもまるで溶接したように柄《え》のところが融合していた。

テニスボールのほうはもっと奇妙だった。裏と表が逆転している。

二つに割ってみると内側に黄色く毛羽立った繊維がある。

スプーンとテニスボールはそれぞれ被害者たちの部屋から発見したものだった。

氷川はアンノウンによる不可能犯罪に関わってからできる限り被害者の身辺を調べてきた。

謎の多すぎるこの事件に、何かの糸口が見つかるかもしれない。

「じゃあ、あれですか?」チューハイを飲みながら尾室が言う。

「氷川さんはアンノウンは超能力者を襲《おそ》ってるって言うんですか?」

「いえ、まだそこまではっきりとは。ただ、これらの品が被害者宅にあったのは事実ですし、それに奇妙な証言があるんです」

「なに？」澄子が聞く。

「被害者の友人の一人の証言なんですが、その被害者はときどき壁をすり抜けたって言うんです。喫茶店でお茶を飲んでいる最中にふっと壁を通って外に出たりとか」

「ぶ」とチューハイを吹き出して、尾室は腹を抱えて笑い転げた。

「なんですか、それ？　壁抜けですか？　そんなまさか」

「もちろん普通ならありえない話です。でも、アンノウンによる不可能犯罪だって同じことです。今、世界ではありえないことが起こっているんです」

「べつにありえなくないわよ。むしろありそうなことだわ」

「小沢さん、そんなこと言っていいんですか？　科学者のくせに」

「私はね、科学に洗脳されてない科学者なのよ。ニュートン、ガリレオ、アインシュタイン、ハイゼンベルクと同じようにね」

小沢澄子はニューヨークで生まれ育った。

十二歳でマサチューセッツ工科大学に入学し、十五歳で博士課程をトップで修了した知能指数百八十を超える天才だった。

十六歳で日本にやってきてあちこちの大学で最先端のロボット工学を学び、十七歳で特別講師として教鞭《きょうべん》を執《と》るようになり、十八歳でその天才を買われ警視庁に入った。

そんな澄子にとって人生は、この世界は時としてひどく退屈なものに感じられた。もし氷川の言うことが正しければ人間は新しい知性の地平を切り開こうとしているのかもしれない。だとしたらとても興味深いことだ。

それとアンノウンとがどう関係しているのかはわからないが。

「とにかく、そっち方面の話に詳しい人がいるから紹介してあげる。一度話を聞きに行ってごらんなさい。学生時代にお世話になった先生なんだけどね」

「また焼き肉を食べましたね。小沢さん。臭いますよ」

翌日、アンノウン対策本部の会議に出席するために警視庁の長い廊下を歩いているとすれ違いざま、北條透《ほうじょうとおる》が話しかけた。

「これが私の香水なのよ。文句ある？」

澄子が立ち止まって言い返す。

澄子に同行していた氷川と尾室は『またか』というように思わず顔を見合わせてため息をついた。

北條と澄子は仲が悪い。

過去世で二人は犬と猿だったに違いないと尾室は密かに思っていた。

北條は警視庁捜査一課において明晰《めいせき》な頭脳と冷徹な判断力で将来を嘱望《しょくぼう》されたエリー

トだった。

色白な肌につんと尖《とが》った鼻先がそのプライドの高さを物語っている。

「そうそう聞きましたよ。またアンノウンによる犠牲者が増えたそうですね。私も心が痛みますよ。G3システムには多大なる期待を寄せていたんですが。どうやらでくのぼうだったようだ」

「なんですって」

澄子の目が三角になった。澄子が怒るとすぐにわかる。

本当に目が三角になるのだ。

「本当のことを言ったまでですよ。あなたばかり肉を食べて精をつけてもG3が弱虫君ではどうしようもない」

北條の言葉に氷川の胸がちくりと痛んだ。

北條が氷川を責めているのは明らかだった。

しかもそれは間違っていない。

自分はアンノウンを倒すことができず被害者を増やした。

もしあのときアギトという生命体が現れなかったら自分も殺されていただろう。

「弱虫君はあんたでしょ」

氷川の心の痛みを読んだように澄子が北條に言い返す。

「G3装着員に選ばれなかったのを根に持っちゃってさ。あなた、小さいのよ。G3のサイズに合わないわ」

「そんなことを言っていられるのも今のうちだ」

北條は軽く顎《あご》を上げ、鼻の頭越しに澄子と氷川を見下ろした。

「このまま被害者が増え続ければ本部は必ずや私を装着員に任命しますよ。氷川さんの代わりにね」

「まあそんなことにはならないでしょうけど、そのときは私が命をかけて阻止するわ。だいたいね、私はベジタリアンは信用しないことにしているの」

「おっと少々立ち話が過ぎたようだ。焼き肉の臭いがスーツに移ったら困りますからね。失礼しますよ」

言い残して北條が立ち去ると、澄子は一歩歩み寄って氷川を見上げた。

「ちょっと氷川君、あんなこと言われてなんで黙ってるわけ？　少しは言い返したらどうなの？」

「すいません」

澄子のまっすぐな視線を外し、氷川はうつむいて唇を噛《か》んだ。

「でも、北條さんは間違ったことは言ってません」

「馬鹿ね。正しいか間違ってるかなんてどうでもいいのよ。男はね、気に食うか食わないで判断すればそれでいいの。わかった?」

気に食うか食わないかで判断するなら、氷川は美杉のことが気に入った。人なつっこい笑顔と誠実な語り口調にはだれもが好感を持つだろう。

だが、その話には必ずしも納得がいかなかった。

氷川は澄子の紹介で超能力関係の話に詳しいという先生の家を訪れた。それは美杉の家だった。

挨拶を済まし、手土産のカステラを渡すと、氷川はソファーに座りさっそく例の遺品を見せようとしたが、美杉は学生時代の澄子との思い出話を語りはじめた。

はじめこそ懐かしそうに話していた美杉だったが、徐々に眉間に皺《しわ》が寄っていった。澄子が学生たちを扇動して美杉のゼミをボイコットした話に及ぶと、もはやただの愚痴《ぐち》だった。その様子がなんとなくおかしい。憎めない。

氷川は頃合いを見計らって例のスプーンとテニスボールを見せて自分の仮説を説明した。

「なるほど。では君は、これらのものが人間の特殊能力によってなされたものだと考えているわけだね?」

「その可能性を考慮していいかどうか、お尋《たず》ねしたいんです」

「学者として私はつねに、未知の可能性をむやみに否定すべきではないと考えている。人間にはまだ謎が多いのもたしかだ。だが――」

「いらっしゃいませ」

翔一が隣のダイニングキッチンからお盆を持って入ってきた。

ガラステーブルの二人の前に湯飲みを置く。

「粗茶ですけど、どうぞ」

「すいません」

「冷めないうちにちゃちゃっと飲んでください」

「は？」

簡単な挨拶を済ませると、翔一はダイニングキッチンへ戻った。

美杉は遺品を手に取りいくぶん肩の力を抜いて言う。

「残念だがこれでは特殊能力の証明にはならないな。これは作品だよ。まあ、オブジェみたいな物だろう。そう考えるのがいちばん理にかなっている。要するに道具を使って作れる物はただの物にすぎないのであって何事も証明しない。わかるかな？」

「……ええ。それは、たしかに。では、先生はいわゆる人間の超能力には否定的だということでしょうか？」

少し落胆しながら氷川は尋ねた。

「いや。逆だよ。私はそういうものの存在を信じている、というか確信している。過去のさまざまな事例を検証しても九十八パーセントはなんらかのインチキだが残りの二パーセントには真実がある。ただ、問題は私がＵＦＯも雪男もネッシーも妖精も天国も地獄も信じているという点だ」

「……はあ」

氷川は少し混乱してあいまいに答えた。

「つまり、私はアテにならないということだ。私は物事を信じやすい人のいい人間なんでね。学会でも変人扱いされている。さっきも言ったように小沢澄子もそんな私の授業を馬鹿にしていた」

「………」

「彼女が君に私を紹介したのは……たぶん、君を励ましたかったんじゃないかな。君に自信を持ってほしいのかもしれない。ということは小沢澄子は君を認めているということだな。これはすごいことだよ。彼女はめったに人を認めないタイプだからね。つまり私に言えることは……もっと自信を持ちなさい、ということだな」

「……あ、ありがとうございます」

一応、礼を言ったがなんだか妙な展開になってきた。

自分のことを自分でアテにならないという人間に応援してもらうのは、ありがたくはあったがちょっと微妙な感じがする。

だいたい超能力の件はどうなったのか？

信じていいのか駄目なのか？

そんなことを考えていると、

「大根の一夜漬けはお好きですかー？」

なんともうれしそうな口調で再び翔一がお盆を持って入ってきた。

「庭の菜園で穫れたんですけど」

「ええ……嫌いではありませんが……」

「召し上がってください」

翔一は花丸の笑顔を向けてくる。

「………」

「どうぞ」

二重丸の花丸笑顔だ。

「……あ、いただきます」

氷川は仕方なくひと切れ食べてみた。

「どうですか？」

「おいしいです」

感動のない口調になったが本当にそう思った。

「じゃあ大根の煮つけはどうですか？　ホウレンソウのゴマ和えもあります。それとこれは実験的なんですけど、ホウレンソウの酢の物も作ってみました」

言いながら翔一は次々と小皿を並べていった。

料理で人を楽しませたくて仕方ないという様子だった。

美杉はあきれ果てて翔一に言った。

「もういいから、下がってなさい」

翔一が隣へ戻ったのを認めてから氷川は話の続きをしようと口を開いた。

だが今度は美杉に機先を制された。

「君は刑事だったね」

「……そうですが……それが、何か？」

美杉は超能力について話していたときよりも真摯《しんし》な顔を氷川に向けた。

「じつは、津上翔一君は記憶喪失《きおくそうしつ》なんだ」

このあと一時間以上にわたって美杉は翔一のことを話して聞かせた。

話の最後には、記憶の手がかりになりそうな情報を摑《つか》んだら教えてほしいと頼んだ。

終始翔一を気にかけている様子だった。

「失礼します」

美杉家の玄関ドアを閉めて踵《きびす》を返した氷川は思わず首を捻《ひね》った。

自分がなにをしに来たのかわからなくなっていた。

超能力の話を聞きに来て、津上翔一という記憶喪失の青年のために逆に頼みごとをされてしまった。

とにかく歯がゆかった。

氷川はすっきりしない気持ちで門扉を開け外に出る。

するとそこに、高校から帰宅した制服姿の真魚が自転車を停めてやってきた。

二人は目が合った瞬間はっとして立ち止まった。

わずかの間固まったように互いを見つめた。

「君は……」

氷川がそう漏らすと、真魚は目をそらして足早に家の中へ入っていった。

氷川は振り返って真魚の残像を求めるようにしばらくの間動かなかった。

あの子は……間違いない。

あのときの少女だ。

大きくなった、そう思った。

父親の義理の弟に引き取られたとは人づてに聞いていた。

くしくもそれが美杉で、偶然その家を訪れていたことに氷川は驚きを隠せなかった。

家の前の道に停めてあるセダンに戻りシートに背中を預けてひと息つく。

おもむろにエンジンキーを回そうとすると、コンコンとドア窓を叩《たた》かれた。

真魚が腰を折って顔を覗《のぞ》かせていた。

氷川が窓を開けると真魚は申し訳なさそうに頭を下げた。

「さっきはよそよそしくてすいません……思い出したくない過去だったので……」

その後、氷川は緊張した様子の真魚に連れられて近くの喫茶店に行った。

四人がけの席に向かい合って座ると、真魚がうつむきがちに氷川を見て思いきったように口を開いた。

「あの……ちゃんとお礼を、言ってませんでしたよね……。事件のときは、助けてもらってありがとうございました」

そう言って深々と頭を下げた。

「いえ。警察官としての職務を全うしただけですから」

それからしばらく沈黙が流れた。

真魚はうつむいたままテーブルを見つめている。

本当に大きくなった。

そんな真魚を見つめながらもう一度思った。

あのときの少女はもっとずっと小さかった。

傷ついた小鳥のように震えていた。


三年前の八月の終わり。

そのころ、氷川は川と山に囲まれた地域の、小さな派出所に勤務していた。

春には山菜が、夏には鮎《あゆ》が獲れ、秋には燃えるような紅葉の美しい場所だった。

村民たちはみんなが互いに知り合いで、チャイムを押すこともなく勝手に人の家に上がり込んでお茶やごはんのご相伴《しょうばん》にあずかる。

そんなほのぼのとした地域だった。

氷川がここの派出所に赴任してから一件の事件も起こっていない。

その日は気持ち悪いくらいの青空が広がっていた。

蟬《せみ》の声を聞きながら山間をパトロールしていた氷川は、道の先に異様な霧がかかっているのを目にしてブレーキを踏んだ。

闇のような霧だった。

昼間だというのに霧が広がっているほうは夜のように暗い。

そこには百人ほどが暮らす小さな集落があるはずだった。

この地域は、四方を山に囲まれためったに人の訪れないひっそりとした場所だった。

村民が気にかかった氷川は車から降り、懐中電灯を手にして村落を目指して歩きはじめた。

漂う霧がさらに濃くなって蟬の声が遠ざかる。

霧はまるで生きているようだった。

すうっと氷川の周りを取り囲んで、すうっと顔を撫《な》でていく。

氷川はなにかぐにゃりとしたものを踏んで立ち止まった。

懐中電灯の光が照らし出したのは、砂利道でうつぶせに倒れている成人男性の死体だった。

首がない。

首は道端に転がっていて、前足を赤くした野良犬にコロコロともてあそばれていた。

「！」

とたんに体に緊張が走った。

一度パトカーに戻って連絡をとったほうがいいかもしれない。

だが、霧がそれを許さなかった。

触手のようにからみついた霧の流れが氷川を前に前に引き連れていく。

何度も死体を踏み、ときどき転んだ。

男もいれば女もいる。

若者もいれば年寄りもいた。

わけがわからない。

不思議と氷川は死体が増えるにつれて冷静になっていった。

これは現実ではない、と思う。

悪い夢を見ているか、あるいは次元のスリットに落ち込んで別の世界に来てしまったようだった。

霧がやや薄くなり、氷川は民家に上がって中を調べた。

どの家の住民も死んでいた。

玄関に居間に台所に風呂場に便所に押し入れにと、家屋のいたるところで惨殺死体が転がっていた。

ふいに民家の敷地内にある蔵が目に入った。

白い壁に窓はなく、頑丈そうな木製の扉には鉄の錠がかかっている。

氷川は発砲して錠を破壊すると、ずしりと重い扉を押し開けた。

むんとした空気が顔を覆《おお》った。

気にせず蔵の中に懐中電灯の光を向ける。

漂う埃《ほこり》、所狭しとしまいこまれた家財道具、そして横たわっているパジャマ姿の少女が見えた。

氷川は少女の無事を祈りながら近づいた。

その少女には息があった。

はっきりと呼吸音が聞こえ、外傷も見当たらない。

氷川は心から安堵《あんど》し、自分が救われたような気さえした。

少女を抱えて外に出ると嘘《うそ》のように霧が消えていた。

その代わりに村中に転がる死体が夏の日射しを浴び、顔を叩くような腐臭が陽炎《かげろう》となって漂っている。

氷川は死体を乗り越え、パトカーに戻って病院に少女を運んだ。

病院で署に連絡を入れて再び現場に戻ろうとすると、医者から少女の意識が戻ったことを知らされた。

氷川は病室のドアを静かに開けた。

病室内はカーテン越しに差しこむ夕日でうっすらと赤く染まっている。

少女は窓際《さえぎ》のベッドの上で半身を起こしうつむいていた。

長い髪に遮られ少女の表情は窺《うかが》えない。

口を押さえて彼女は静かに泣いていた。

「聞かせてください、君の村でいったい何があったのか」

結局、話を聞けたのは翌日面会に訪れたときだった。

少女——風谷真魚は窓外に顔を向けながらぽつりぽつりと語りはじめた。

氷川は真魚の唇から零《こぼ》れ落ちる少ない言葉を手のひらで掬《すく》うように根気強く話を聞いた。

だが、聞き出せた情報はあまりにも少なくあいまいだった。

それはかえって事件の謎を深めた。


事件当日の朝、真魚は父親——伸幸《のぶゆき》といっしょに朝食を取っていた。

食事を終え、食器を洗っていると、窓外が白く濁りはじめた。

このあたりに霧が出ることはめったにない。

その不自然な霧は急速に濃くなって窓が曇りガラスのように白濁した。

真魚の心はわくわくと弾んだ。

まるで雪が降っているみたいだった。

あとでお父さんといっしょに散歩に行こう、そう思った。かくれんぼをするのも楽しそうだ。

「ねぇ、お父さん」と話しかけようとして振り向くと、突然伸幸が何かに怯《おび》えるようにあわてはじめた。

こんな父親は初めてだった。

真っ青な顔に脂汗をかき、体がぶるぶると震えている。

伸幸は真魚の手を引いて家の外へ駆け出した。

真魚が何を聞いても答えは返ってこなかった。

やがて伸幸は蔵の前で足を止め、真魚を強く抱きしめた。

息ができないくらい強い力だった。

不精髭《ぶしょうひげ》が頬に触ってちくちくと痛い。

「助けが来るまでここに隠れているんだ……いいね、真魚……」

伸幸はそう告げて真魚を蔵に押し込んで錠をかけた。

わけがわからなかったが言われたとおりにするしかなかった。

真魚は闇の中で膝を抱え、時折怖くなって父親を呼んだ。

「お父さん？　お父さん！」

そしていつしか蔵の中の暑さで意識を失ったという。

氷川が真魚を救助したあと、集落では警察による現場検証が行われたが、ほかに生存者は見つからなかった。

　代わりに真魚以外の村民全員の死体が発見された。

　実名と顔写真は伏せていたが、当時のマスコミは事件の唯一の生き残りである真魚を悲劇のヒロインとして書き立てた。

　犯人がいまだに捕まっていないその未解決事件は、村の名を取って『あかつき村事件』と呼ばれている。


「どうですか、こっちでの暮らしは？　もう慣れましたか？」

　そう尋ねて氷川はエスプレッソをひと口すすりカップをソーサーに戻した。

　緊張感の抜けきらない真魚は大まかな近況をたどたどしく答えた。

　それからフーフーと息を吹いてホットココアを冷ましはじめる。

　そうしている姿は同じ年頃の少女となんら変わらないように氷川の目には映った。

　あかつき村事件を経験しているようにはとうてい見えなかった。

「普通に暮らしているようで安心しました」

「叔父さんとか、優しくしてくれますから……」

　真魚はホットココアから視線を上げて氷川を見つめた。

「幸せそうに見えます」

と、氷川が続ける。

事件直後の自分と比べたらだれでもそう見えるだろうと真魚は思った。

あのときのわたしは世界中のだれより不幸だったかもしれない。

では今の自分は本当に幸せかというと、自信がなかった。

「余計なお世話かもしれませんが、もし心配事や悩み事ができたらいつでも相談してください。力になります」

社交辞令ではなく本心からそう言っているように感じられて真魚はうれしかった。

事件当時はわからなかったが、こうして話してみて初めて氷川の真面目で誠実な人柄が窺えた。

翔一にはない頼り甲斐《がい》がある。

互いの飲み物がなくなったころ二人は喫茶店を出た。

店頭で別れようとすると、ちょうどそこに魚屋のビニール袋を提げた翔一が通りかかった。

「あれ？　なんで真魚ちゃんが刑事さんと……？」

不思議そうな顔をして翔一が尋ねた。

「えっと、それは……」

真魚は言い淀《よど》んでしまう。

あかつき村事件のことも自分がその唯一の生き残りであることも知られたくなかった。

「なんでもいいでしょ。翔一君には関係ないの」

「まさか、補導ってやつ？　そうだよなぁ、ヒコウしてるもんなぁ～」

「非行っ⁉」

氷川は思わず真魚に驚きの目を向ける。

真魚はあきれ顔で訂正する。

「気にしないでください……わかりづらいですけど、『下校』とかけたダジャレですから……」

ダジャレにしてもひどすぎると思い、氷川は頭を掻《か》きながら笑う翔一をじっと見つめた。

2

教室の窓から校庭の葉桜をぼんやり眺めてたら、お父さんのおもしろい顔が目に浮かんで笑い出しそうになった。

まだ幼かったわたしが葉桜を初めて見たとき、お父さんは「たいへんだ、真魚！　桜が緑色に変わっちゃったぞ！」て嘘を言って驚かせようとした。

でもわたしはなぜか悲しくなって泣いちゃって、そしたらお父さん、あわてておもしろい顔して笑わせようとしたんだよね。

お父さん、いつもわたしを楽しませようとしてくれてた。

わたしはそんなお父さんが大好きだった……。

チャイムが鳴って先生が出ていくと二年A組の教室はとたんに騒がしくなった。

そこかしこに仲の良い人たちの固まりが見られる。

五月になったばかりなのにクラス内のグループはもうできあがってるみたい。

わたしみたいに一人でいる人種は数人ほどだ。

べつに寂しいとは思わない。わたしはこれでいい……たぶん。

最後列の窓側の隅がわたしの席。そこで頬杖をついてまた窓の外に目を向けていたら、横に来た二人の女子が声をかけてきた。

健康的な小麦色の肌をした子と、おっとりした三つ編みの子。

ゴメン……名前出てこない……。

「風谷さんて帰宅部だよね？　女テニ、おいでよ」

小麦肌さんがはきはきとした調子で言った。

なんでわたしなんか誘うんだろう？　捨て犬みたいなオーラ出てたか……？

「わたし、テニスやったことないし……」

「初心者、歓迎っ！」

「運動神経も良くないし……」

「この子、体育の成績いつも『1』か『2』っ！」

微笑んでいる三つ編みさんを指差して言った。

わたしは困った顔をした。

「でも……」

「ぶっちゃけるとさ、風谷さんが入ってくれるとうちの部の注目度が上がるんだよ。知らないかもしれないけど、風谷さんて男子たちの間でけっこう話題になってるんだよね」

「いやいやいやいやいや」

わたしは顔の前で小さく手を振って否定した。

こんな色気のない病院の臭いのしそうな女がモテるわけない。

顔も特別カワイイわけじゃないし。

わたしなんか好きになるのは貧乳女子に萌《も》えている人たちくらいだ。

「本当だよ〜」

三つ編みさんの声はまったりしている。

「男子たち、風谷さんのこと『謎めいた女』って呼んでるよ〜」

あぁ……そういう話題のされ方ね……。

そりゃ、学校来てもほとんどしゃべらないで窓の外ばっかり見てたらだれだって詮索したくなるよね……。

「そうそう、秘密が二十六はあるとか言ってるよね。そんなレアキャラ、我が女テニがほっとくわけないでしょ」

「そう言われても……」

断りづらくてもじもじしていたわたしをチャイムが救ってくれた。

キンコンカンコンがとってもいい音色に聞こえるよ。

「じゃ、考えといてねー」

小麦肌さんは元気な声で言って三つ編みさんといっしょに席に戻っていった。

授業中、窓の外を見るともなく見ながらわたしはテニス部に入ろうか少し悩んだ。

で、結局はあとで断ることにした。
誘ってくれた二人には本当に悪いと思う。
部活にも興味はあった。
友達にも。
でも……わたしは……。
午前中最後のチャイムが鳴って昼休憩の時間になった。
わたしは鞄《かばん》を持ってそそくさと教室を出て屋上にやってきた。
いつもどおりだれもいない。
凪になびいた髪を手前から撫でつけるようにして耳にかける。
端のほうに座って鞄を開けた。
「あ……」
やっちゃった……。
キッチンのテーブルに乗ったままのお弁当箱が目に浮かぶ。
なんかついてない……。
購買部行こうかな？　……いいや、そんなお腹減ってないし。
屋上の縁《へり》に頬杖をついてまた景色をぼんやり眺める。
早弁でもしたのだろうか、五、六人の男子たちがもう校庭に出てサッカーボールを蹴っている。

しばらく見ていたらそこにもう一人加わった。

正門から入ってきたその人はサッカーをしている男子たちの間を突っ切ってまっすぐ校舎のほうに走ってくる。

よく見たら脇にお弁当箱を抱えている。

だいたいの事情を察したわたしはめいっぱい息を吸いこんで、手を振りながら大きな声で呼びかけた。

「お――――い！　しょーいちく――――――――――ん！」

きょろきょろとあたりを見回す翔一君。

「ここだよっ、ここっ！」

……あ、気づいた。

それから一分も経たずに翔一君は屋上のドアを開いた。

笑顔で迎えたわたしは感謝してお弁当箱を受け取った。

「間に合ってよかった」

息を切らした翔一君がホッとした顔で言う。

わたしは帰ろうとする翔一君を引きとめた。

で、

「はい、きんぴら」

「あ――ん」

大きく開いた翔一君の口にわたしは箸《はし》で摘んだきんぴらごぼうを入れる。

顎や頬が忙しなく動いてのどがゴクリと鳴る。

「うん、シャキシャキしてていいんじゃない」

翔一君はにっこりして言った。

「次は？」

「じゃあ、煮物のにんじん」

「はい、にんじん」

「うん、昆布ダシで味がぐっと良くなった」

やっぱり翔一君はにっこりする。

ちょっとおもしろい。

わたしもきのこの炊きこみごはんを食べて笑顔になる。

「ねえ、今度料理のやり方教えてよ」

「真魚ちゃんが料理ぃっ⁉」

驚いた翔一君はこんにゃくをのどに詰まらせて咳《せ》きこんだ。

失礼な。

「何よ、いけない？」

「いけなかないけど……」

「お弁当ぐらい自分で作れたほうがいいと思うんだよね。毎朝翔一君に作ってもらうのもなんか悪いし」

「べつにおれは好きでやってるからいいんだけど、真魚ちゃんが自分で作りたいって言うんだったら協力するよ」

「お願いします」

わたしは丁寧に頭を下げた。

「はい、鶏の照り焼き」

「うん、タレがよくからんでる」

ニコニコしながらわたしと翔一君はお弁当をきれいに平らげた。


帰りのホームルームが終わって教室の中に生徒たちの解放感が広がる。

わたしはいつもどおりすぐに教室を出た。

校庭脇の道を歩いて正門を目指す。

前には同じ帰宅部の生徒たちが一人か二人で歩いている。

校庭からは運動部員たちの笑い声が聞こえてくる。

野球部はキャッチボール、陸上部はストレッチ、サッカー部は……一列になって脚上げたりする体操。

練習が本格的にはじまる前のゆるやかな空気が流れている。

校庭の向こうに見えるテニスコートでは、数人のテニス部員たちがそれぞれ三面コートの周りをランニングしている。

コート横の部室に駆けこんでいく小麦肌さんと三つ編みさんの姿が目に入った。

二人にどう言って断ろう？

ちょっと考えただけで憂鬱《ゆううつ》な気分になってきた。

本当の理由は言えない。

とはいえ、思いつくのは下手な言い訳ばかり。

門限が厳しいから――。

却下。そんなお嬢様キャラじゃない。

バイトがあるから――。

却下。「どこで？」とかいろいろ聞かれてすぐに嘘がばれそう。

テニスボール恐怖症――。

却下。て、過去に何があった、わたしっ！

「危ねえっ！」

「よけろっ！」

突然聞こえた男子の叫び声にびくっとしてわたしは声がしたほうを見た。

野球のボールがこっちに向かって山なりに飛んでくる。

テレビの野球中継で見たデッドボールのシーンを思い出した。

ピッチャーが投げたボールをヘルメットの上から頭に受けたその選手は起き上がることなくタンカで運ばれていた。

わたしはとっさに両手を突き出した——。

数秒後、みごとに投げ損なってくれた野球部員たちが「おぉ！」と感嘆の声をあげた。

彼らにはわたしがボールを素手でキャッチしたように見えるのだろう。

でも実際は違う。

ボールはわたしが顔を守るようにして出した手の数ミリ前で止まっている。

言い替えれば、空中に浮いているってこと。

力を使っちゃった……。

わたしはボールを放って走り出した。

人目がなくなるまでひたすら走り続けた。

足を止めたのは校舎も見えなくなった人気のない路上だった。

肩で息をして車道と歩道を分ける白線を見ながら後悔した。

身を守るためとはいえまずかったと思った。

普通の人間じゃないことが知られたら、もうどこにも居場所がなくなる……。

叔父さんも翔一君も恐がって離れていく……。

そんなのイヤっ！

やっぱり、お父さんとの約束は破っちゃいけない……！

わたしはお父さんと約束した日のことを反省するように思い返した。


その日、わたしとお父さんは町のほうにできたショッピングセンターに車で出かけた。

五歳だったわたしは洋服やお菓子を買ってもらったり、ファミレスのお子様ランチを食べたりして一日中楽しく過ごした。

かわいいクマの着ぐるみから風船をもらったりもした。

白い風船だった。

でもお父さんがシャツを選んでいるとき、退屈になって紳士服売り場から出たわたしはそこでうっかりやってしまった。

風船の紐《ひも》を握っていることをすっかり忘れて手を開いて、その手のひらに缶からドロップをひとつ出した。

気づいたら、風船ははるか頭上を飛んでいた。

口を開けてポカンと見上げているうちにどんどん遠ざかってとうとう天井に着いてしまった。

大人だってもう取れない。

楽しい思い出になるはずだった今日一日がこのせいでだいなしになった気がした。

どうしても風船を取り戻さなきゃいけないと思った。

今日を楽しい思い出にするために。

わたしは背伸びして思いきり手を伸ばした。

そして心の中で叫んだ。

お願い、戻ってきて！

お願いっ‼

何か特別な力を使おうとしたんじゃない。

そのときのわたしにはそうすることしか思いつかなかった。

白い風船がゆっくりと下がりはじめた。

上がっていったときと同じ速さで戻ってくる。

まるで逆戻しの映像を見ているみたいだった。

わたしは風船の紐をぎゅっと握りしめた。

それがわたしに秘められた力の目覚めだった。

でもそのときのわたしは自分が使った力に興味や関心は持たなかった。

風船が手元にあることがただうれしいだけだった。

わたしがぬいぐるみでも抱くように風船をきつく抱きしめていると、お父さんがショックを受けた顔で近づいてきた。

お父さんは何も言わずにわたしを抱きかかえると、逃げるようにショッピングセンターをあとにした。

車の中でもお父さんはひとこともしゃべらなかった。

わたしは怒られるような気がして少し震えていた。

でも家に帰るとお父さんは優しく笑って言った。

「いいかい、真魚。さっきの力は人がいるところで使ってはいけないよ。人がいるところでは絶対にダメだ。お父さんとの約束だぞ」

なぜそんなことを言い出すのか、幼いわたしにはわからなかった。

ただ、笑っていてもお父さんの様子がいつもと違うことは敏感に感じ取っていた。

だからわたしは素直にうなずいた。

真魚は夕日の見える帰り道を歩きながら心に誓っていた。

もう約束は破らないと。

だが、独りぼっちのその誓いは数秒の後に破られることになる。

破らなければならなかった。

一人歩く真魚の脳裏に蠍《さそり》タイプのアンノウン＝スコーピオンロードの姿が浮かび上がった。まるで占い師が水鏡を読むようにふいに映像が浮かんだのだ。

次の瞬間、スコーピオンロードがその長い尾の先から毒針を放ち、真魚は振り返りざま持っていた鞄で毒針を叩き落とした。

物陰からのそり、とスコーピオンロードが全身を現す。

真魚の体が凍りついた。


一方、アンノウンらしき生物を目撃したという通報が一般市民から警視庁に入り、氷川はG3システムを装着してGトレーラーから出撃した。

ガードチェイサーがエンジンの回転数を上げる。

目撃情報のあった場所が近づいてきた。

だがそこで氷川は意外なものを目にして息を飲んだ。

鋼板のフェンスに囲まれたビルの建設現場に駆けこんでいく真魚と、彼女を追いかけていくスコーピオンロードの姿だった。

なぜ真魚さんがアンノウンに……!?

疑問を抱きながらもG3は、ガードチェイサーの後部左トランクから超高周波振動ソード――GS‐03を、左サイドカウルのトランクからは前の戦闘よりも威力の高い銃弾を装《そう》塡《てん》した専用ハンドガンを引き出した。

そしてソードを右腕に装着、ハンドガンを左手に持って建設現場に突入した。

無人の敷地内を真魚とスコーピオンロードが建設資材を避けながら走っている。

G3はハンドガンの銃口をスコーピオンロードの背中に向けた。

その直後だった。

真魚が走りながら横を向き、積み重なった鉄骨の山をにらみつけた。

力の籠もった目で。

すると鉄骨の山は風船のように浮き上がり、走りきたスコーピオンロードの頭上に降り注いだ。

真魚はそれを確認するともう一ヵ所の出入り口から姿を消した。

マスクの下で氷川は驚愕《きょうがく》の表情を浮かべていた。

今のは、超能力……！

そのときガラガラと鉄骨の崩れる音がした。

はっとして目を向けると、押しつぶされたと思われたスコーピオンロードが鉄骨を押しのけて立ちあがった。

すかさずG３は照準を合わせ、一発、二発、三発とハンドガンを連射する。

銃弾は三発とも背中を捉《とら》えスコーピオンロードの体をぐらつかせた。

効いたっ！　これなら倒せる！

続けざまにトリガーを引いて銃弾を浴びせる。

だがスコーピオンロードは後退しながらも頭上に天使の輪を出現させ、そこから斧《おの》と盾《たて》を抜き出した。

そんな、バカなっ……!?

銃弾はすべて盾に弾かれ、そのうえ傷ひとつつけることさえできなかった。

「くそおっ！」

G３は間合いを詰めて接近戦を挑《いど》もうと走り出した。

その瞬間、スコーピオンロードが投げ放った斧が回転しながら唸《うな》りをあげて飛来した。

G３は身を屈《かが》めて斧をかわした。

だが、斧はブーメランのように旋回してG３の右大腿部《だいたいぶ》に命中した。

バチッと火花が散り、バランスを崩してG3は片膝をついた。

そこにスコーピオンロードが突っこんでくる。

G3は銃弾をひたすら撃ちこんで突進を止めようとするが盾の守りを破ることはできない。

ついにスコーピオンロードが眼前に迫り、斧を振り上げた。

「くっ……！」

G3は両腕をクロスさせて頭をガードしようとする。

そのとき建設現場の中に甲高い破壊音が響きわたった。

鋼板のフェンスを突き破りアギトがバイクで進入してきたのだ。

龍《りゅう》の顔を思わせるフロントカウルを持ち、輝く金と鮮烈な赤に染まったそのバイク——マシントルネイダー。

それは、翔一のバイクが彼の変身とともにアギトの力を受けて姿を変えたアギト専用マシンだ。

「アギトっ……！」

G3はその姿を認めて思わず叫んだ。

斧を振り上げたまま顔を向けたスコーピオンロードにアギトは最高速で迫り、ついにトルネイダーのフロントカウルを衝突させた。

跳ね飛ばされたスコーピオンロードは建設途中のビルの鉄骨に激突し、G3は素早くガードチェイサーに駆け戻った。

右サイドカウルに格納されたグレネードユニット――GG-02を取り出してハンドガンに連結、G3の武器で最大火力を誇るグレネードランチャーが完成した。

スコーピオンロードが怒りをたぎらせて立ちあがる。

G3はその姿を見据えてグレネードランチャーを素早く構えた。

「はあ――っ!」

気合の声をあげて放ったグレネードがスコーピオンロードの胸を捉えて爆発した。

だが衝撃で後ずさりしただけで、スコーピオンロードは平然としたままその場に立ち続けている。

ダメか……!?

そう思ったとき、スコーピオンロードは胸を押さえて苦悶《くもん》の表情を浮かべ、次の瞬間、大爆発とともに消滅した。

や……やった……! アンノウンを倒したっ!

初勝利の歓喜が体中を駆け巡った。

自分にできるのかという一抹の不安が消え去って自分にもできるという自信が心を満たした。

勝利の余韻に浸っていたG3はしかし、トルネイダーのエンジン音を耳にしてハッとなり顔を向けた。

停止させたトルネイダーのシートの上でG3の戦いを見守っていたアギトがマシンをUターンさせて走り出す。

「アギトっ！」

氷川は再びその名を叫んだ。

待ってくれ、と呼び止めたかった。

だがアギトは振り返らずに走り去る。

「アギトっ！　おまえはいったい何者なんだっ⁉」

答えは返ってこなかった。

氷川はその場に佇《たたず》んだまま、トルネイダーが消えたその何もない空間を、ただ黙って見つめていた。


そのころ、真魚は肩で大きく息をしながら路地裏で立ち止まった。

後ろを振り向いてアンノウンがいないことを確かめる。

真魚はほっとしてその場に座り込んだ。

力が強くなっているのかもしれない、そう思った。

勝手に力が働いたおかげでさっきは助かったが、それが恐くもあった。

真魚はもう一度振り返ってだれもいないことを確認した。

あれが噂《うわさ》のアンノウン？　まさかわたしが襲われるなんて……でも、なぜ？

早く家に帰ろうと思い、歩き出したときだった。

鋭い牙を持つジャッカルタイプのアンノウン＝ジャッカルロードが行く手を塞いだ。

まさか一日に二度もアンノウンに襲われるなんて。

息を飲んだ真魚だが、相手を弾き飛ばそうと力を籠めてジャッカルロードをにらみつけた。

その目にギンッと輝きが宿る。

しかしジャッカルロードはびくともしない。

自分の力が不安定だったことを真魚は思い出す。

過去に人目につかないところで力を試していたが、必ずしも力が働いたわけではなかった。

殺しのサインを切ったジャッカルロードが膝を曲げて低く構える。

直後、真魚へと跳躍した。

鋭い牙が狙うのは真魚の頸動脈《けいどうみゃく》だ。

真魚はよけるどころか驚きもしない。

そんな間はなかった。

その攻撃は言うなればカマイタチ現象だった。

だが、ジャッカルロードの動きを捉え、間に割って入る者が現れた。

真魚の目の前にはその者の背中があった。

深い緑色の体を持った異形の生物が、ジャッカルロードの牙を首に受けて立っている。

牙が突き立てられた首の傷口からは緑色の血が流れていた。

わたしを、助けた……？

真魚がそう思って凝視していると、異形の生物は空を仰ぎ口を裂くように開いて咆哮《ほうこう》した。

凶暴な野生動物のようだがどこか悲しみを秘めた叫びだと真魚は思った。

咆哮がやむと同時に怒濤の反撃が開始された。

ジャッカルロードの肩に異形の生物の牙が食い込む。

まるで野獣だ。

一瞬のうちに異形の生物はジャッカルロードの肩の肉を噛みちぎった。

漆黒の血を滴らせてジャッカルロードが膝を着く。

とどめを刺そうと異形の生物は右腕を振り上げて力を集中させた。

右腕から鋭利な鉤爪《かぎづめ》がぬっと飛び出す。

その右腕で弧を描くようにフィニッシュブローを叩きこんだ。

鉤爪に腹を刺し貫かれてジャッカルロードの動きが止まり、シャワーのように漆黒の血が吹き出した。

ジャッカルロードは苦痛に顔を歪《ゆが》めて後退し、やがて爆発してあたりに血を飛び散らせて消滅した。

異形の生物は全身に返り血を浴びて立ち尽くしていた。

真魚は恐怖を抱きながらもその生物から目を離せない。

突如、異形の生物が崩れ落ちるようにして地面に倒れた。

真魚は目を見開いた。

苦しみ出した異形の生物、その体が溶けるように変わっていく。

深緑の皮膚は肌色に、触角が生えていた頭部には毛髪が生え、赤い複眼の顔は青年の顔に――。

そこにいたのは葦原涼だった。

異形の生物の正体が人間だったことを知って真魚は驚きのあまり息を飲んだ。

涼は焼けるように痛む両手を見つめた。

両手が干からびるように急激に老化していく。

涼の顔が恐怖に歪んだ。
真魚は咄嗟《とっさ》に涼に走り寄った。
涼の肩に触れた瞬間、真魚の中で何かが生まれた。
「俺にかまうなっ！」
乱暴に真魚の手を振りほどき涼はふらつく足で立ちあがった。
真魚はただ呆然と後ろ姿を見送った。
全身の痛みに耐え、時には手をついて体を支えながら涼は歩き去った。
路地の先に広がる闇の中へ。

3

「あんた、何してんの？」

澄子は隣の尾室に冷ややかな目を向けて言った。

尾室は目を閉じて腕を伸ばし箸の先を網の上のタン塩に向けていた。

やけに力んでいて箸がぷるぷると震えている。

「邪魔しないでください……タン塩が裏返るように念じてるんですから」

「は？」

「ポイントは精神のコントロールなんです、前に読んだ漫画に書いてありました。それさえうまくできれば……ぬうぅぅ～～」

「アホ。肉が焦げる」

澄子はタン塩をぺしっと裏返した。

G3ユニットの三人はいつもの焼き肉屋で焼き肉を食べていた。

澄子はタンやミノやホルモンなどの内臓系を好む。カルビやロースなどはあまり食べない。

こりこりしたものやぐにゅぐにゅしたものが好きなのだ。歯ごたえのないものは嫌である。

澄子は片面だけを軽く炙《あぶ》ったタン塩を口に放り込み、何度かぐにゅぐにゅやってビールをのどに流し込む。それからキムチを食べまたビールを飲み、ぷは～っとやる。

「それにしても、あの風谷真魚って少女には驚かされましたね」

尾室が言う。

「生おかわり！」

と澄子。

「映像を解析したんです。彼女は鉄骨を操ってアンノウンにぶつけた……そこにトリックらしきものは見つかりませんでした」

「生おかわり！」

と澄子。

「正真正銘の超能力ですよ、あれは」

「ええ、僕も間違いないと思います。真魚さんは超能力者だったんだ」

「生おかわり！」

と澄子は四杯目を注文して氷川を見た。

「そうなるといよいよ、アンノウンは超能力者を殺害しているっていう氷川君の説の信《しん》憑性《ぴょうせい》が高まってくるわね」

氷川はウーロン茶を飲み干してグラスを置く。

「でもなぜアンノウンは超能力者を狙うんでしょう？」

澄子は口元に持っていこうとしていたジョッキがからっぽなのに気づき、テーブルに戻した。

「超能力が人間の未知の可能性の芽生えとするなら、アンノウンはそれを恐れているのかもしれないわね。生おかわり！」


翌日、会議を終え本庁の通路を歩いていると前方からやってくる北條透とすれ違った。すれ違いざま、北條は立ち止まり内ポケットから香水瓶を取り出し、そして澄子に香水をかけた。

「ちょ、ちょっと何するのよ」

「コロンですよ。これで焼き肉の臭いを消すことができる。それにしてもいったい何頭の牛を食べれば気が済むんです？　知りませんよ、ツノが生えてきても」

「角が生えてきたら真っ先にあなたを弾き飛ばしてあげるわよっ！」

「報告書、読ませてもらいましたよ」

北條は話題を変え、鼻の頭越しに澄子を見つめた。

「この間の戦闘でも危ないところをアギトなる謎の存在に助けられたそうですね。これはもう装着員だけの問題ではないようだ」

「何が言いたいのかしら？」

　澄子の目が三角になった。

「できの悪いG3システムでも、生みの親のあなたとしては愛着はあるようだ」

「何言ってんのよっ！　できの悪いのはあなたのほうでしょ！」

「まあ、そうムキにならないでください。G3システムにもいい使い道がありますよ。交通整理ぐらいならできるでしょう。ね、氷川さん」

　北條はうっすらと笑いを浮かべて氷川の肩をぽんと叩いた。

「ちょっとあんた！」

「はい？」

　振り向いた北條の顔に澄子ははは〜っと息をかけた。

　くらっとよろめいた北條は危うく手すりに凭《もた》れかかる。

「あ……さ、酒だ！　お、小沢さん、あなたお酒を飲みましたね！　く、臭い！　信じられない！　き、勤務中にお酒を飲むなんて」

「ビールなんてお酒のうちに入らないわよ」

「な、なんて人だ」

ふらふらと千鳥足で歩み去っていく北條を、三人はしばらくの間「………」と見送った。

「なんだか酔っぱらってるみたいですね」

「酔っぱらってるのよ」

「……すごい」

氷川には気になることがあった。

さっき北條が口にした『アギトなる謎の存在』についてである。

本部がアギトについての報告を受け、どのような判断を下すのか。

アギトもまたアンノウンであるとの結論を出すというのが澄子の予想だった。

澄子にしてもアギトが氷川を助けたという点に関して疑問に思っているようだった。

種族同士の戦いが珍しくないように、アンノウンがアンノウンを倒しただけの話ではないのか。

犬と犬が争うように。

だが、そんな澄子の考えに氷川は珍しく乱暴な口調で反論した。

「アギトは……人間です！」

思わず口に出たその言葉に氷川自身が驚いていた。

「あなた、何か知ってるの？　アギトについて」

当然、澄子が尋ねてくる。

「いえ。ただ、なんとなくそんな気が……」

そう答えるしかなかった。

氷川は初めてアギトを目にしたときからなんとなく人間臭さを感じていた。その『感じ』を言葉にするのは難しい。

あえて言えば本能に従って人を襲うアンノウンに対してアギトには理性的な落ちつきがあった。

アンノウンが纏《まと》っているような殺気がない。

だが、たとえアギトが人間であったとしても謎が解けたわけではない。

なぜ、人間がアギトになったのか？

アギトとはなんなのか？

アギトはだれなのか？

謎は深まるばかりだった。

4

インターホンの音で涼は目を覚ました。

そこは自室のベッドだった。

まだ意識がはっきりしないまま、うつぶせの体を起こそうとする。

「うっ……!」

全身の筋肉に引き裂かれるような痛みが走った。

老人のように皺《しわ》だらけになった手が視界に入る。

昨日の戦いが脳裏をよぎった。

ジャッカルロードを葬ったあと、全身の痛みに襲われながらもなんとかアパートにたどり着き、そのまま意識を失った。

またインターホンが鳴る。

涼は体の痛みに悶《もだ》えベッドの下に転がり落ちた。

玄関のドアが開く音がした。

だれかが廊下を歩いてくるのが足音でわかる。

警戒しながら曇りガラスのドアを見やった。

制服を着た少女らしき姿が曇りガラスにぼんやりと映っている。

ドアがゆっくりと開き、おずおずと顔を出したのは真魚だった。

涼は昨日自分が救った少女だと気づいて驚きの色を浮かべた。

真魚はベッドの下につらそうに横たわっている涼の姿を認めると、あわてた様子で駆け寄った。

「大丈夫ですかっ⁉」

そばに膝を落として心配の眼差しを向ける。

涼はにらむような目で真魚を見た。

「あっ……勝手に上がって、ごめんなさい……さっき、ドスンて大きな音が聞こえて、何かあったのかと思って……」

「なぜここがわかった……？　俺をつけたのか……？」

かすれた声で疑問をぶつけた。

「それは……」

涼の記憶を見たのだ、とは言えなかった。

人間の姿に戻った涼に触れたあの瞬間、その記憶の断片が雪崩のように真魚の心の中に流れ込んできた。

異形の生物へと徐々に変貌していった過程を、その苦しみを知ってしまったのだ。

「俺にかまうなと言っただろ！」

「……ごめんなさい……」

剣幕に気後れして下を見てつぶやいた。

そんな真魚に涼が突然摑みかかった。

「きゃっ」

肩を押されてフローリングの床に背中を打った。

襟元を摑まれると乱暴に広げられ、ブラウスのボタンが弾け飛んだ。

白い下着が半分ほど露《あらわ》になる。

驚きと恐さのあまり真魚は声も出せない。

涼が血走った目で真魚の瞳を見ながら低い声で言う。

「わかったろ……俺に近づくとろくなことがない……」

ふと、真魚は涼の心情を理解した。

この人は悲しいのだ、とわかる。

自分自身が怖いのだ、と理解する。

わたしと同じだ、と痛感する。

普通の人間じゃないつらさ、苦しみを自分も少しはわかっているから。

自分だけみんなと違う――。

その思いが他人との距離を作り、高校で真魚を独りぼっちにしていた。

涼は真魚から離れると転がるようにして体をベッドに横たえた。

「早く帰――」

言いかけて突然苦悶の表情を浮かべた。

全身の痛みが再び涼に襲いかかる。

苦しそうなうめき声をあげて悶えている涼を前に、真魚は決意の眼差しを向けた。

襟元を手で押さえながら体を近づけ、おもむろに目を閉じる。

そしてもう片方の手を涼の胸の前にかざした。

その手から木漏れ日のような柔らかな光が放たれ、涼の体を包みこむようにゆっくりと広がっていく。

奇跡を見るようだった。

老化して皺だらけだった腕がたちまち元の若々しい腕に戻った。

全身の筋肉を襲っていた引き裂くような痛みも消えた。

涼は驚きの目を自分の腕に、体に、そして真魚に向けた。

「おまえは……!?」

ふいに体を覆っていた光が消えた。

同時にふっと意識が飛んで真魚は床に倒れこんだ。

そこは暗闇だった。
外の音も聞こえない。
汗が止め処なく流れ出る。
パジャマが肌に貼りついて気持ち悪い。
真魚は一人膝を抱えていた。
蔵に入れられてからどのくらいの時間が経ったかわからない。
備蓄してある二リットルのペットボトルの水をのどに流しこんだ。
なんでお父さんはわたしを蔵の中に隠したんだろう？
外で何が起きてるんだろう？
そういった疑問がずっと頭の中で渦を巻いていた。
とうとう真魚は決意し、目を閉じた。
透視力を使い外の風景を見ようとする。眉間に意識を集中し、心を静める。
やがて……。
光が見えた。
徐々に輪郭と色が浮かび上がっていく。

うまくできた……。
集落の中を歩いているように外の様子が窺える。
濃い霧に満たされて夜のようだった。
突然真魚は蔵の闇の中で目を開いた。
見慣れた景色の中に点在する村人たちの死体を見てしまったのだ。
どうして……⁉　どうしてみんなが……⁉
気が狂いそうだった。何がどうなっているのかわからない。
お父さんっ、お父さんはどこなのっ⁉
お父さん……お父さん……お父さん……お父さん……お父さん……お父さん──。
無事を信じて心の中で何度も呼びかけながら集落全体に意識を行き渡らせた。
ついに父の姿が見えてきた。
仲幸は水田で四つん這《ば》いになり必死の形相で何かから逃げている。
一歩一歩、稲を踏みつぶしながら迫ってくる何者かの足が見えた。
何、これ……？　赤い目……金色の角……。
こんなの人じゃない！
その生物は、アギトだった。
振り返った仲幸の眼前でアギトが立ち止まった。

「や、やめろっ……やめてくれえっっっ!!」

それが仲幸の最期の言葉になった。


「お父さんっっっ!!」


ハッと目が覚めて真魚は体を起こした。

そこは涼のベッドの上だった。

ベッドの前には涼が座っていて、驚いた表情でこちらを窺っている。

ひどい顔をしているんじゃないかと思い、真魚はあわてて顔を両手で覆った。

「……嫌な夢でも、見たのか?」

どこか優しい口調で涼が尋ねた。

「平気です……」

何事もなかったように真魚は立ちあがった。

「……帰ります」

涼は何も言わずに真魚の後ろ姿を見送った。

だが、涼も真魚も知っていた。
これは別れではない。
たぶん、何かがはじまるのだと。

第三章

1

その日の昼食は翔一が作った『春キャベツとベーコンのパスタ』だった。

キャベツは庭の菜園で穫れたものだ。

もともとは冬に食べられていたキャベツも品種改良によって今では年中食べられるようになった。

日本では収穫時期の違いによって、十一〜三月の冬キャベツ、七〜十月の夏秋キャベツ(高原キャベツ)、そして四〜六月の春キャベツに分類され、時期ごとの味わいやおいしさがある。

春キャベツはしゃきしゃきとした歯ごたえのある冬キャベツに比べて葉が柔らかく瑞々《みずみず》しいのが特長で、サラダや生食に向いている。

またキャベツは胃酸を調節し胃腸の粘膜組織を修復する働きのあるビタミンUが豊富で、古代ギリシャでは胃腸の調子を整える健康食として食べられていた。

真魚と翔一は夕飯の買い出しで近所の商店街に来ていた。

今日の夕飯のおかずを聞くのと同じくらいの気軽さで、何か思い出した記憶があるか真魚は聞いてみる。

やはり思い出したことはないらしい。いつもの答え。

ふいに真魚は思った。

記憶喪失《きおくそうしつ》っていっても覚えてる記憶もある。

言葉とか一般常識とか、翔一君の場合はとくに料理。

もし残す記憶と消す記憶を選べるなら、わたしも記憶喪失になりたい。

楽しい思い出だけ残して、嫌な記憶はきれいさっぱり消してしまいたい。

そんなことを考えながら歩いていたら、若い女性が気さくに話しかけてきた。

百七十センチ以上あるスラッとした体形で、シックな色合いのシフォンチュニックにデニムを合わせたコーデ、栗色のロングヘアにはゆるいウェーブがかかっている。

モデルみたいな美人だと真魚は思った。

「ねえ、ここって休みじゃないはずなんだけど、何か知らない？」

言いながら女性が細い指で差したのはシャッターが下りた『パティスリー花村《はなむら》』だった。

真魚と翔一は顔を見合わせた。

翔一が言いづらそうな口調で答える。

「店主の花村さん、一週間くらい前に亡くなったんです……」

女性はにわかに表情を曇らせた。

「どうして急に……？」

「あれです、不可能犯罪ってやつ」

「え……ホントに？」

翔一は真顔でうなずいた。

「そっか……私には関係ないと思ってたけど、意外なところで影響があるのね……でもじゃあ、花村さんは……」

何やらつぶやいたあと、女性はシャッターのほうに向いて手を合わせ目を閉じて冥福を祈った。

それから目を開けると髪をかき上げ、

「でもショックだな～。ネットで評判でしょ、ここのキャベツケーキ。私、スイーツ大好きでね、食べ歩きブログまで書いてるのよ。それなのに――」

女性はため息をひとつついて肩を落とした。

「もっと早く来てればなぁ……もう一生食べれないのかぁ……」

「おれ、花村さんのキャベツケーキ作れます」

翔一がにこやかな笑顔を向けて言った。

女性は不思議そうな顔をして翔一を見やる。

「作れるって？　あなたが？」

「前に買って食べたことがあって、あんまりおいしかったんで自分でも作ってみたんです。初めのうちは何度か失敗したけど、今じゃ完璧に味を再現できます。ね、真魚ちゃん」

唐突に振られて真魚は戸惑い、伏し目がちに答えた。

「お店のと、変わらないと思います……」

「うちに来てもらえればすぐにでも作っちゃいます」

女性は長い睫毛《まつげ》の瞳で翔一をまじまじと見つめた。

「君、パティシエ？」

「ん〜〜……」

しばらく悩んでから空を見上げて翔一は答えた。

「そうだったのかもしれません」

「よくわからないんだけど……まあ、ナンパってわけじゃなさそうだし、ごちそうになっちゃおっかな。ありえない事件が多い世の中、食べれるときに食べなきゃね」

「そうです、景気よくケーキを食べましょう」

ダジャレをかました直後、翔一は信じられない光景を目の当たりにした。

女性が口元を押さえてクスクスと笑っているのだ。

「景気よくケーキって……やめてよ、もう……」

言いつつ笑っている。本気だ。

ダジャレがうけたのは記憶にある限り初めてだった。

この新鮮なリアクションに翔一は逆にどうリアクションしていいかわからず、はにかんでひたすら頭を掻《か》いた。

真魚も翔一のダジャレで笑った人を初めて見たので驚き、感心していた。

同時に今まで感じたことのない気分でもあった。

なんだか少しもやもやしていた。

美杉家へと歩きながら三人は簡単な自己紹介を済ませた。

スイーツ好きの女性——小林雪紀《こばやしゆき》は二十一歳の大学生で、郊外のマンションで一人暮らしをしているとのことだった。

家に着くと、翔一はキャベツケーキを作りにキッチンへ、雪紀は興味を惹《ひ》かれて菜園へ向かった。

さっき翔一に無農薬だからと勧められていたので、雪紀はキャベツの葉を一枚むしってかじってみた。

スーパーで売っているものよりずっとおいしい。

キャベツケーキがますます楽しみになってきた。

それからしばらくリビングのソファーにもたれてファッション雑誌を見ていると、ダイニングキッチンから翔一と真魚がやってきた。

「お待たせしましたー」

と言って翔一がキャベツケーキを運んでくる。

ロールキャベツと見まがう形と色。

その外観はまさしくパティスリー花村のキャベツケーキだった。

「かわいい～っ！　やっぱりスイーツは見た目よね～」

雪紀は幸せそうな顔をして歌うように言うと、バッグから取り出したデジカメでカシャカシャといろいろな角度から写真を撮った。

「あとでブログにアップしよ～っ」

そんな雪紀の様子を見て翔一もなんだか幸せな気分になってくる。

「このキャベツの葉の形をした生地には、小麦粉や卵とかといっしょに菜園で穫れたキャベツを使ってるんです」

「どれどれぇ～」

雪紀はフォークで端を切って口に運び、

「お〜いしい〜〜っ！」

雄叫びをあげた。

「そっか、それでロールキャベツの形だったのね。キャベツ生地に包まれて中に別のケーキがあるわ。この味は……そう、トマト！　トマトのケーキよっ！」

「そのとおり。これがパティスリー花村の『キャベツとトマトの夫婦《めおと》ケーキ』です！　もう一回言っちゃいます。『キャベツとトマトの夫婦ケーキ』です！」

「なんで二回言うのよ」

真魚はボソッとつっこんだ。

「キャベツ生地とトマトケーキ、二つの野菜スイーツの甘さが口の中で混ざり合って……あぁ……こんなの初めて……」

雪紀はうっとりした顔で舌に残る余韻に浸った。

ややあって翔一が心配そうに声をかけた。

「雪紀さん？」

すると雪紀は満足げにうなずいて言い放った。

「うん、星三つ！」

それは雪紀の最高評価だった。

「ごちそうさまでした」

雪紀は丁寧《ていねい》にお辞儀して翔一ににこっと微笑んだ。

「津上君て、やっぱりパティシエなんでしょ？　それともパティシエの卵とか？」

「雪紀さんこそスイーツの食べ歩きしてるくらいだから、パティシエ目指してるんじゃないですか？」

「私が？　まあ興味がないわけじゃないけど、私食べるほう専門だから。うちでも料理なんて全然しないし、料理が得意な旦那さんがほしいなぁとか思ってるし」

突然翔一はバッと立ちあがって言った。

「料理ならおれが教えます」

「え？」

「そうだなぁ……じゃあ、まずは好物のケーキからはじめましょう」

「えっ、ちょ、ちょっと……なんなの……？」

翔一は半ば強引に雪紀の手を引いてダイニングキッチンへ入っていった。

真魚はというと、ソファーに座ったままむくれ顔で翔一の背中をにらんでいた。

わたし、まだ料理教えてもらってない……。

約束したのに……。

「それじゃ、やってみよっかな」

翔一のエプロンをバッと着て、ハンドミキサーをガシッと握りしめた。

雪紀はけっこうノリがいい。

翔一に言われたとおり——。

湯煎にかけながらボウルの中で卵と砂糖を軽く混ぜてハンドミキサーで泡立てる。

そこに小麦粉、バター、牛乳を入れてオーブンで焼く。

スポンジ生地を二枚にスライスしてホイップクリームをサンドした。

「あとは表面全体にもホイップクリームを塗って、最後にデコレーションをしたら完成です」

翔一は完全に先生口調だった。

雪紀は果物ナイフで苺《いちご》を半分にカットしていく。

自分で作るのも意外と楽しいかも、とわくわくする。

翔一は先生然として腕を組んだ。

「デコレーションは何度もやり直すとクリームがぼそぼそしてくるので、こだわらず気楽にやるといいでしょう」

「あまいっ！」

いきなり声をあげると雪紀は果物ナイフをまな板にバンッと置き、翔一を睥睨《へいげい》してまくし立てた。

「見た目がいちばん大事っ！　見た目がかわいくなきゃスイーツはおいしくないっ！　だからデコレーションに妥協しちゃいけないのよっ！」

翔一は気圧《けお》され、苦笑いを浮かべた。

「雪紀さん、こだわりがあるんですね……」

「私は怒ってる」

雪紀は大真面目だ。

翔一は真顔になって言った。

「すいません、おれが間違ってました。全力で思いっきりデコレーションしましょう！」

「じゃあ買い物に行こ」

「買い物？」

「私のデコを見せてあげるわ」

そんなわけで、翔一は雪紀を乗せてバイクをすっ飛ばし、スーパーで果物を大量に購入してダイニングキッチンに戻ってきた。

レジ袋から出した果物を切ったり刻んだりつぶしたりしながら雪紀はケーキのスポンジ

を一瞥《いちべつ》してつぶやいた。

「コーデのイメージ、湧《わ》いてきた」

雪紀はケーキの飾りつけをファッションコーデと捉《とら》えていた。

スポンジにホイップクリームのドレスを着せる。

フルーツのアクセサリーをトッピング。

楽しそうに飾りつけていく雪紀の姿はダンスでも踊っているようだった。

ついにデコレーションケーキが完成した。

雪紀は高らかにケーキの名前を発表した。

「名づけて、フルーツパラダイス・エンジョイバカンス！」

翔一と真魚は目を見張った。

フルーツのパラダイスでバカンスをエンジョイした――。

そんな光景が頭に浮かんだ。

ケーキの上にはラズベリーやキウイ、オレンジなど、色とりどりのフルーツが盛られていた。

そこはまさにフルーツの楽園だった。

「……ビミョーかな？」

雪紀は照れ笑いを浮かべて翔一を窺《うかが》う。

「いやいや、いい線いってると思いますよ」

切り分けてから翔一はひと口食べて絶賛した。

「雪紀さんのデコレーションのおかげで食べたことのない味に仕上がってます」

「それ、ほめてるのかわかんない」

小声でツッコミを入れた真魚もひと口食べてみて「あっ、おいしい」と声を漏らした。

「うん、おまけで星二つってとこかな」

雪紀もひと口食べて自賛した。

「おれが教えた基本と雪紀さんのセンスが合わさっていいケーキができました。もしかしておれと雪紀さん、相性がいいのかもしれませんね」

翔一はにこにこしながら雪紀を見つめた。

いきなり何を、と真魚はキッと翔一をにらみつけた。

「なになに？　今さりげなくコクった？　私、けっこう競争率高いよ～」

言いながら雪紀は翔一の腕を肘でつついた。

「あっ、そうだ。雪紀さんも夕飯いっしょにどうですか？」

翔一は名案を思いついたというようにポンッと手を叩《たた》いたりする。

そんな翔一に、真魚が横から口を挟んだ。

「ちょっと翔一君、相手にも都合ってものがあるんだから、無理に誘ったら迷惑でしょ」

「時間なら空いてるよ」

と雪紀はさらりと言い、真魚は思わず心の中で舌打ちをした。

「でも夕飯までごちそうになるのは悪いから」

そうよ、当然よ、と真魚は思う。

真魚は自分でもよくわからずにホッとして胸をなで下ろした。

雪紀は帰り支度をしようとエプロンを脱いだが、翔一は「いいから、いいから」と言って雪紀の背中を押し、リビングのソファーに座らせた。

「おれ、雪紀さんのために腕を振るって作ります」

雪紀はしばし呆気《あっけ》に取られていたが、この際好意に甘えようと「頑張ってね翔一君」などと声援を送った。

鼻歌を口ずさみながら翔一は野菜を洗いはじめる。

その背中を真魚はにらむような目で見つめていた。

なんだかおもしろくなかった。

翔一の性格はよくわかってる。

雪紀さんに特別惚《ほ》れたわけじゃなくて、だれにでも優しくて親切でみんなが大好きなんだ。

だからさっきみたいに誤解を招くようなことを平然と言えちゃう。

おかげでこっちは心の中がもやもやしっぱなしだ。

どうにかしてこのもやもやをぶつけてやりたいと真魚は思った。

ふいにテーブルの上にあるキャベツの芯が目に入った。

キャベツケーキ作りに使ったものの残りだ。

そのとき真魚の目に雀《すずめ》の涙ほどの悪意が宿った。

真魚はおもむろにキャベツの芯を握りしめると、シンクの前に立っている翔一の背中に狙いをつけた。

ああっ、もうっっっ！

もやもやをこめて投げつけた。

ヒュン。

「いてっ」

ぽとっ。

床に落ちているキャベツの芯を見て翔一は疑問顔を真魚に向けた。

「真魚ちゃん、これ……」

「知らなーい」

真魚は唇を尖《とが》らせ、そっぽを向いた。

こうして溺れかけるのは大学最後になった競技会以来だ。

あのときは全身の痛みに意識を失った俺をコーチがとっさにプールに飛びこんで助けてくれた。

だが今は違う。

意識を失えば確実に死が待っている。

俺を助けてくれる者はいない。

もうだれも……。

2

一時間前――。

自室のベッドでうずくまっていた涼は、突然頭の中で鳴り響きはじめたあの嫌な音を聞いた。

以前に葬った化け物の仲間が活動しているとなぜか直感できた。

体が戦えと言うのなら戦ってやる！

どうせ何をしていいかわからなかったんだ！

涼はオフロードタイプのバイクにまたがり夜の闇を切り裂くように疾走した。

降り立った公園の土を踏んで歩いていくと、茂みで倒れている浮浪者らしき男の姿が目に入った。

助け起こそうと腕を摑《つか》むと全身がぐっしょりと濡れている。

男はすでに息絶えており、顔面が紫色に膨張していた。

これは……。

島にいたころ、こういった死体を何度か見たことがあった。

浜で遊んでいた子供や船から落ちた漁師が死体となって打ち上げられたとき、やはり風船のようにその顔が膨らんでいたのを涼は今でも覚えていた。

それは溺死体《できしたい》の典型的な特徴だった。

だが、公園内には男が溺れ死ぬような場所はどこにもなかった。

沼も池も噴水もない。

涼は警戒してあたりを見回した。

かすかに水の湧き出る音が聞こえる。

振り返ると、たった今歩いてきた地面からじわじわと水が染み出していた。

ここにいては危ないと感じた瞬間だった。

突如、周囲の地面が揺れだし陥没《かんぼつ》をはじめた。

なんだ……何が起こっている……!?

傾斜した地面によって倒れそうになった体を涼は膝をつき身を低くして支え、あたりの変化を窺った。

すり鉢状になった一帯の中心から大量の水が噴き出している。

その水は瞬く間に溜まり、陥没地帯は池になった。

涼の体は水に没し、見上げると、およそ三メートル頭上の水面にぼんやりと月が光っていた。

涼は月を目指して水を掻いた。

次の瞬間、足首に痺れるような痛みを感じた。

水の底に蛸《たこ》のようなアンノウン゠オクトパスロードの異形が見える。

奴か……！

オクトパスロードは触手を伸ばして涼の足首を捕縛《ほばく》していた。

涼は戦意を高ぶらせ心の内で叫んだ。

変身っ！

全身の筋肉の蠢《うごめ》きとともに周囲の水が沸騰《ふっとう》して無数の気泡がわき上がった。

肌の色が深い緑に染まっていく。

涼は異形の野獣――ギルスへと変貌を遂げた。

両足の踵《かかと》に力を集中すると、そこに備わっている鉤爪《かぎづめ》が鋭利な刃となって突き出し、一瞬にして触手を断ち切った。

苦痛の叫びをあげるようにオクトパスロードの口から大きな気泡が溢《あふ》れ出る。

ギルスはオクトパスロードに向かって水底に進み、オクトパスロードはさらに無数の触手をギルスに伸ばした。

あの触手に全身をからめ捕られたら間違いなく命はない。

絞め殺されるか溺れ死ぬかだ。

俺が水の中で死ぬことはない！

ギルスは両手両足の鉤爪を伸ばした。

その体が独楽《こま》のように回転し、近づく触手を一瞬のうちに切り落とした。

無数の触手の断片がばらばらと落ち、ギルスの踵の刃がオクトパスロードの脳天に突き刺さった。

豆腐でも刺したようにほとんど手応えはない。

しかし踵の鉤爪は頭頂部から顎《あご》までをしっかりと貫通していた。

次の瞬間、轟音《ごうおん》とともに水面に巨大な水柱が立った。

オクトパスロードが爆発したのだ。

池を形成していた水はたちまち地中に吸いこまれ、現れた土の上には人間の姿に戻った涼が一人残される。

三十分足らずで部屋に戻るとベッドに腰を下ろして大きく息を吐いた。

おもむろに両手を見る。

以前のような老化現象は起こっていない。

引き裂かれるような筋肉の痛みもなかった。

涼は机の上に目をやった。

子豚のキャラクター人形がついた携帯ストラップが置いてある。

真魚が帰ったあとにベッドの上で見つけたものだった。

着ていた制服を手がかりに高校の場所は調べてあった。

バイクならそう遠くはない。

いつでも返しにいくことはできる。

しかし今の自分が他人と関わりを持っていいのかどうか、涼には自信が持てなかった。

翌日。

緑ヶ丘学園高等部の正門から下校する生徒たちの中に真魚の姿があった。

結局テニス部の件は誘ってくれた二人にごめんなさいとだけ告げて断っていた。

二人は気にしなくていいからと言って明るい素振りを見せていたが、顔にいささか残念さがにじんでいるのが見て取れて悪い気がした。

でも、わたしはみんなと違うから……。

どうせわたしの折る箱はいつもからっぽなんだ……。

うつむきがちに歩いていると、後ろからバイクのエンジン音が近づいてきた。

バイクは真魚の横で止まり、真魚は立ち止まって涼を見つめた。

べつに意外ではなかった。

涼とはまた会うような気がしていた。

会えるような予感があった。

涼は何も言わずに子豚の携帯ストラップを真魚の顔の前に突き出した。

「あっ……」

それは翔一が商店街の福引で当てた景品だった。

ケータイを持っていない翔一には使い道がないのでゆずってもらったものだった。

真魚はこのストラップを気に入っていた。

びっくりしているような豚の顔がとてもかわいい。

何に驚いているのかはわからなかったが。

「おまえのじゃないのか？」

「わ、わたしのです……」

受け取って鞄《かばん》からケータイを取り出し、二度と取れないようにしっかりとつけた。

「よかった、見つかって……。ありがとうございます」

「……じゃあな」

素っ気なく言い、涼はバイクをUターンさせて走り去った。

真魚は別れを惜しむように後ろ姿を見つめ、やがて完全に見えなくなってから踵《きびす》を返して歩きはじめた。

もう少し話したかった、と思う。

涼となら壁を作らずに接することができた。

そんな人間は美杉と翔一の二人だけだった。

叔父さんは小さいころから遊んでもらってたから。

翔一君はああいう性格だから。

葦原さんは……わたしと同じだから……。

「おいっ」

ふいに声をかけられ真魚はびくっとして振り向いた。

引き返してきた涼が再び横でブレーキをかけた。

「礼を言い忘れていた」

「え？」

「おまえのおかげで腕が治った……体中の痛みも頭の中の声も消えた……変身の後遺症ももう起こらない……」

わたしだって、と真魚は思った。

この前命を狙われかけたのを助けてもらっている。

「おまえに借りができた。借りは返さないとな」

「それじゃあ、お願いがあります」

自然と言葉が口をついた。


初めてだった。

翔一にも頼んだことはなかった。

もっと恐いかと思っていたがむしろ心地いいくらいだった。

真魚は涼が走らせるバイクに同乗していた。

景色が瞬く間に過ぎ去っていく。

うるさいとしか思えなかったエンジン音が今は軽快なリズムに聞こえる。

体が飛ばされそうなスピードなのにこうして涼の背中にしがみついていると安心感があった。

どんな恐怖も遠のいていくような気がした。

臨港公園まで来て二人はいったんバイクから降りた。

二人が座ったベンチからは手すり越しに東京湾が望める。

空はうっすらと赤みがかり、その赤が濃紺の水面のキャンバスに混ざっていた。

ベンチの近くに人影はなくとても静かだった。

真魚が横目で窺うと、涼はただ黙って海を見ていた。

なんとなく話しかけづらかった。

こうして座ってからずっと沈黙が続いている。

ようやく真魚が口を開いた。

「バイクに乗せてもらってよかったです。おかげですっきりしました」

涼は真魚に目を向けた。

「アンノウンっていうんですか、あれに襲《おそ》われそうになってから恐い夢ばかり見るようになっちゃって……」

「………」

「あっ、名前まだ言ってませんでしたね。わたしは――」

「風谷真魚……」

先に涼がつぶやくように言った。

「……なんだ、知ってたんですか」

涼は目を伏せて思い悩むような顔をすると、再び真魚を見て言った。

「すまない、謝らなければならないことがある」

「え？」

「おまえがさっき言った恐い夢だが……俺は知っている」

真魚はきょとんとして聞いていた。意味がわからない。

「あの日、気を失ったおまえがベッドで寝ているとき、おまえが見ている夢が俺にも見えた。うまく言えないが、頭の中で映像が再生されているようだった。蔵の中に一人でいるおまえ……村のひどいありさま……そしておまえの父親と、殺したヤツの顔……」

話を聞きながら真魚はただ驚いて涼の顔を見つめていた。

「おまえの力を受けたせいなのか、俺に備わった力なのか、はっきりした原因はわからない。だが理由はどうあれ、人の記憶を勝手に覗《のぞ》き見したことに変わりない。済まなかった」

そう詫《わ》びて涼は頭を下げた。

「……ごめんなさい」

そう言ったのは真魚だった。

「わたしも、同じです……」

真魚も包み隠さずに打ち明けた。

涼に触れたとき意図せずして断片的な記憶を見てしまったことを。

涼は薄く笑って空を見上げた。

「なるほどな、お互い様というわけだ。つらい目に遭っていることも含めてな」

それからしばらく二人は黙っていた。

遠くで船の汽笛が鳴っていた。

二人の沈黙を破ったのは涼だった。

「ある日なんの理由もなく、俺は俺自身でなくなっていた……」

真魚は海を見る涼の横顔をじっと見つめた。

「そして俺はすべてを失った……体がおかしくなったせいで、俺の前からみんな去っていった……おまえは俺が恐くないのか？」

「……わたしも、普通じゃありませんから」

真魚は自嘲ぎみに微笑んだ。

涼も同じように唇を歪《ゆが》める。

少しの間があって真魚が言った。

「あの……」

「何だ？」

「今日みたいに、ときどきバイクに乗せてもらえませんか？」

「ああ、かまわない」

「約束ですよ」

うれしそうに言って真魚は涼の顔の前に小指をためらいがちに差し出した。

涼は小さくうなずくと、その指にそっと自分の小指を重ねた。

きれいな指だと真魚は思った。

真魚の指から伝わってくる体温が固くなった自分の心をほぐしてくれるような感覚を涼は覚えた。

二人は指をからめた。

3

その日、翔一は真魚の部屋の掃除を終えてリビングに降りて行くとソファーに座った美杉の姿が目に入った。

「あ、先生、そろそろ大学に行く時間じゃないんですか？」

美杉はどことなく虚ろな目でどこかわからない空間の一点を見つめていた。

嫌な夢想から現実に帰ってきたようにどろんとした表情を翔一に向ける。

「真魚はもう出かけたのかね？」

声音までが深刻そうに淀《よど》んでいる。

「はい、今さっき。そうだ、あとで真魚ちゃんの冬服をクリーニングに出しに行こうと思ってるんですけど、ほかに何かありますか？」

「いや、それはいいんだが……」

美杉は目の前の湯飲みを摑んでお茶を飲んだ。

からっぽの湯飲みにはお茶の香りだけが残っていた。

「……翔一君、じつは真魚のことで話があるんだ」

重たい空気を感じながら翔一は美杉の斜め向かいに腰を下ろした。

「真魚ちゃんが？　どうしたんです？」

「近ごろ、帰りが遅くはないだろうか？」

言われてみればと翔一は思った。

「夜の七時を過ぎることがしばしばある。部活動をしているわけでもないのにだ。私はね、悪い友達でもできたんじゃないかと心配なんだ」

「真魚ちゃんに限ってまさか」

「そこで翔一君、君に頼みがあるんだが……」

「はあ」

「放課後に真魚が何をしているのか、こっそり調べてほしいのだ」

「尾行ですか？」

まるで犯罪の片棒を担ぐように小声で言う。

美杉は深くうなずいた。

「おれにできるかな～……？」

「それでもし、万が一、万が一にだ、相手が男だった場合、その男のことも調べてほしい」

「は、はあ」

美杉は気が進まない翔一の表情を見逃さなかった。

「君は私の頼みが聞けないと言うのかね」

美杉はドンッとテーブルを叩いた。

「一宿一飯の恩どころか君には百宿百飯の恩があるんじゃないのか！　え！　もし君が嫌だと言うなら私は今日から酒を飲むぞ！　毎晩浴びるようにな」

「わ、わかりました。やってみます」

それ以外、答えようがなかった。


通路の反対側から北條がこちらに近づいてきた。

氷川はいつものように澄子の肩を視界の端に見ながら警視庁の廊下を歩いていた。

まもなく北條の口撃がはじまると思うと氷川はとたんに鬱《うつ》になった。

ところが、こちらを一瞥しただけで北條は何も言わずに横を通り過ぎていく。

会釈した氷川はホッとして緊張を解いた。

——のも束の間、

「そうそう、あなたたちに伝えるべきことがありました」

その声を耳にして氷川たちは条件反射のように立ち止まった。

こちらに近寄ってきて北條が言う。

「G3システム、ひいてはG3ユニット全体にとっての名案を思いついたんです」

「名案?」

澄子は眉をひそめて聞き返した。

北條は澄子の耳に口を近づけそっと囁《ささや》く。

「簡単なことですよ、この私をG3ユニットの指揮官にするんです。そうすれば何もかも良い方向に変わるはずだ」

やれやれといった感じで澄子はため息をついた。

「あなたの魂胆はわかってるわ。なんだかんだと難癖をつけて氷川君を罷免《ひめん》したあと、あなたがちゃっかり装着員の座に納まる気なんでしょ」

「さあ?　それは氷川さんの働き次第ですよ」

「まだ未練があるようだから言っておくけど、装着員は氷川君じゃなきゃダメなの。あなたは最終審査で落ちたでしょ」

「氷川さんが高いポテンシャルを秘めているという話は聞いていますよ。しかしそれはあなただけが主張していることだ。眉唾《まゆつば》ですね」

「違うわよ、氷川君はカワイイからよ」

「か、かわいい……」

さしもの北條も返す言葉を失い立ち尽くした。

「大事なことよ」

澄子はさらっと言い放った。

「今、はっきりわかりましたよ、小沢さん」

北條は早口にまくし立てた。

「勤務中に酒は飲むわ牛を何頭も食い殺すわ大事な人事をかわいいとかいうくだらない理由で決めるわあなたはどうかしている。もしかしたら狂牛病かもしれない。牛の呪いです。あなたは今すぐ警視庁を辞めるべきだ。それが嫌ならこの私が意地でも警視総監になってあなたに首を言い渡す」

「まあ楽しみ」

と、澄子はまるで相手にしない。

「小沢さん、『カワイイ』とはどういう意味ですか？」

今度は氷川が食ってかかった。

「そ、そんな理由で僕をG３に？」

「ええ。大事なことよ」

「でも北條さんのほうがG３システムの扱いうまかったりして」

突然尾室が口を挟んだ。

「氷川さん、けっこう不器用だからなあ」

「ほほう」

北條は氷川に視線を移した。

「不器用なんですか？　氷川さん」

「ええ。そりゃもう」

と、尾室が言う。

北條が自分の言葉を拾ってくれたのが尾室には無性にうれしかった。

「氷川さん、これ、できますか？」

北條は取り出したコインを手の甲に乗せ、コインを指で弾いてくるくると回した。

「お～！」

と思わず澄子と尾室が拍手をする。

「な、なんですか、それぐらい。僕だって」

そう言う氷川はコインを取り出すことすらできなかった。

財布から無数のコインが床に落ち、氷川は身を屈めてあわててコインを拾い集めた。


美杉を送り出して昼食を済ませた翔一は庭の菜園で草むしりをしていた。

ひと株ひと株根こそぎ引き抜いていく。

雑草は根を残すとそこからすぐに草が生えてしまうから油断ならない。

しゃがみこんで作業していた翔一は腰をとんとんと手で叩いた。

その手で額の汗を拭《ぬぐ》って菜園を見渡す。

まだ半分か……。

頭に巻いたタオルを締め直して「よし！」と気合を入れると、玄関のほうから「ごめんください」と声がした。

門を通って菜園まで歩いてきたのは氷川だった。

「こんにちは、氷野さん」

「違います」

「湯川さん？」

「惜しい、あとひと文字」

「ああっ、金剛寺さん！」

「……津上さん、僕をからかってませんか？」

氷川は冷ややかな目を向けて言った。

はははと笑って翔一は頭を掻く。

やっぱりこの人は苦手だと氷川は思った。

「ところで今日はなんの用ですか？　先生なら大学に行ってますけど」

「用というほどのことではないのですが、最近、真魚さんはどうしていますか？」

思わず翔一は笑みをこぼした。

「おかしな日だなあ。さっき先生からも真魚ちゃんのことを聞かれたんですよね」

「それは奇遇ですね。で、どうなんです？　何か変わったことはあったんですか？」

「変わったことといえば、最近の真魚ちゃんはごはんをおいしそうに食べます。何かいいことでもあったんじゃないかな？」

「ごはんをおいしそうに、ですか……」

今のところ新手のアンノウンによる襲撃はないようだと思い、氷川は安堵《あんど》の息を漏らした。

「あっ、そうだ。せっかく来たんだし、草むしり手伝っていきませんか？」

「草むしり……なぜ僕が？」

勘弁してほしいという口調で氷川が言うと、翔一は背を向けてしゃがみこみ寂しげにつぶやいた。

「真魚ちゃんのこと、教えてあげたのにな……」

「……わ、わかりました。やりましょう、草むしり」

氷川はスーツの上着を脱ぐとしゃがんで雑草をむしりはじめた。

「ありがとうございます」

にこりとして言って翔一は草むしりを再開する。

「でも、なんで氷川さんは真魚ちゃんのことを聞くんです？」

「それは……以前、ある事件で真魚さんを助けたことがありまして……まあ、今でも気になっているというか……」

「事件？」

翔一は疑問に思って手を止めた。

「その事件て、どんな――」

聞こうとして氷川のほうを見やった翔一はぎょっとなった。

氷川が草を抜いた跡にはすべて根っこが残っているのだ。

翔一は残念そうな口調で言った。

「あ～……氷川さん、不器用なんですね～」

「不器用……」

翔一に禁句を言われて氷川はムキになった。

「ふんっ、ふんっ、ふんっ、ふんっ、ふんっ、ふんっ、ふんっ、ふんっ、ふんっ――」

鼻息荒く次々と雑草をむしり取っていく。

だがやはり根っこは残ったまま。

「も、もういいですからっ……！」

翔一はあわてて背中にしがみついた。

それでも氷川はしばらくふんふんやっていた。

氷川の災難はこれだけで終わらなかった。

草むしりを終え、リビングのソファーに座ってひと息ついていたときだ。

翔一が軽食を乗せたお盆を持ってダイニングキッチンから出てきた。

ガラステーブルに置かれたのは食べやすい大きさに切り分けられた冷や奴だった。

小腹が空いていた氷川はさっそく「いただきます」と言って箸《はし》で摘む。

しかし冷や奴は無情にも箸からするりと滑り落ちてテーブルの上でぐしゃっと崩れた。

あきれた翔一は正直な感想を口にした。

「氷川さん、本当に不器用なんだなぁ～」

またしても翔一に痛いところを突かれて氷川はムキになりかけたが今度はぐっと堪え、慎重に、慎重に、冷や奴をそっと挟んでゆっくりと持ち上げた。

ささやかな奇跡だった。

口元まで運んだ箸に冷や奴が留まっていてくれたのだ。

「どうです？　まさに完璧だ」

「甘いなあ～。これは木綿豆腐だからうまくいったんです。今の手つきじゃ、絹ごし豆腐は取れませんよ」

「では絹ごし豆腐を出してください」

「うちにはありませんけど」

氷川はバッと立ちあがった。

「わかりました、買ってきましょう！」

そう言って家を飛び出すと、五分もかからずにレジ袋いっぱいの絹ごし豆腐を携えて戻ってきた。

そして第二試合のゴングが鳴った。

絹ごし豆腐は難敵だった。

つるりつるりと滑り落ち、ぐしゃっぐしゃっと崩れていった。

気づけば十パックがからになっていた。

翔一は今日の夕飯を麻婆豆腐にすることにした。

「すいません、おれ、用事あるんで」

そう言って翔一が姿を消したあとも、氷川対絹ごし豆腐の熱戦は続けられた。

夕方――。

帰宅してリビングの戸を開けた美杉は、形の崩れた絹ごし豆腐の山を前にソファーで深くうなだれている男の姿を見た。

夜道をバイクのヘッドライトで照らしながら涼はアパートへ向かっていた。

今日も授業を終えた真魚と会い、彼女を乗せてバイクを走らせ、その後家の前まで送って別れた。

何があったわけでもなく、ただそれだけだった。

それでも今の涼にとって真魚といっしょに過ごす時間は心安らぐ大切な時間になっていた。

角を曲がり見慣れたアパートの前で停まった。

すると涼は素早くバイクを降りて電柱の陰に身を隠した。

真魚を乗せて走っているときから涼はサイドミラーに映るだれだかわからないバイクの存在に気づいていた。

だれかが俺を尾行している。

その相手はもちろん翔一だった。

翔一は涼のバイクの前まで来てブレーキをかけた。

降りてヘルメットを取りアパートを見やる。

「おいっ！」

猛然と駆け出した涼が翔一に迫りながら声をあげた。

翔一が振り向いたときには左の頬を右ストレートが襲っていた。

翔一は固い路面に吹っ飛んだ。

「痛ってぇ～……」

すぐさま涼は胸倉を捩《ね》じり上げ怒りの口調で問いただす。

「貴様、何者だ？　なぜあとをつける？　まさか物盗りってわけじゃあるまい」

「ご、誤解です……おれは、真魚ちゃんの叔父さんに、頼まれて……」

「真魚の叔父だと？」

「本当です……嘘《うそ》じゃありません……事情を説明しますから、離してください……」

「…………」

涼は摑んでいた手の力をゆるめた。

事情を聞かされて自分が原因だったことを知った涼は翔一を部屋に上げて手当てをした。

救急箱を開き、殴った傷を消毒する。

「痛むか？」

「はい」

手当てを受けながらにこにこと言う。

痛いと言うわりには痛そうではない。

「すまなかったな」

涼はどこか憎めない翔一の顔に苛立《いらだ》ちを感じながらも謝罪した。

こいつは人に殴られてどうして笑っていられるんだ？

「気にしないでください」

翔一が答える。

「真魚の叔父にも心配をかけてすまないと思っている」涼は続けた。

「……これからはあまり遅くならないようにすると伝えてくれ」

「はい。あ、今日のことは真魚ちゃんには内緒でお願いします」

「ああ」

「それと……」

「なんだ？」

翔一はいつになく表情を引き締めて尋《たず》ねた。

「聞かせてください。あなたは……えっと……」

「葦原涼だ」

「葦原さんは真魚ちゃんとつきあってるんですか？　真魚ちゃんのことをどう思ってるんです？」

ストレートな質問をぶつけられて涼は黙った。

ややあってから真摯《しんし》な眼差しを向けて答える。

「恋人じゃない……だが、今の俺にとって真魚は大事な存在だ」

その言葉を聞いて翔一はにっこりと微笑んだ。

涼が真魚のことを真剣に考えていることがわかってうれしかった。

自然と笑みがこぼれた。

「なんだ、おかしいか？」

「いえ。それより葦原さん、夕飯まだですよね？」

「そうだが、それがどうした？」

「おれに作らせてください！」

勢いよく立ちあがり翔一は台所へ駆けていく。

冷蔵庫の中の食材を眺めながら翔一が尋ねる。

「葦原さん、好物は何ですか？　食べられないものってありますか？」

やれやれといった感じで涼は答える。

「好きに作れ」

「はーい」

涼はため息をひとつ落とした。

津上翔一か……おかしな奴だ……。

フッと笑った。

さっき感じた苛立ちはいつの間にか消えていた。

4

部屋の家具はベッドもテーブルもビビッドな色合い。フローリングの床には半分を占めるほど女性ものの服が脱ぎ散らかされている。

デジタルの置き時計が午前八時を表示するとともに電子音を鳴らしはじめた。

わずか三秒。

伸びてきた手がスイッチを叩いてけたたましい音を止めた。

ガバッと毛布を剝《は》ぎ、ネグリジェを着た雪紀がベッドの上で跳ね起きた。

「よっしゃ、やるぞー！」

両腕を上げて伸びをしながら気合の声を出した。

朝からテンションが高いのには理由があった。


美杉家でキャベツケーキと夕飯をごちそうになった帰りのことだ。

雪紀は翔一に駅まで送ってもらった。

その道すがら、翔一に好意を抱きはじめていた雪紀は今度は二人だけで会いたいと思い、ケータイの番号とアドレスを交換しようとした。

ところが翔一はケータイを持っていなかった。

らしいっちゃらしいなと雪紀は思った。

そこで半分本気の半分口実でキャベツケーキのお礼がしたいと言った。

翔一はお礼なんてと断ったが、雪紀は気が済まないと言って引き下がらなかった。

「それじゃあ……」

「エッチなのはダメよー」

「ははは、しませんて」

苦笑いした翔一は改めて告げる。

「じゃあ、真魚ちゃんの誕生日プレゼントをいっしょに選んでもらえませんか？」

「ふーん、そんなことでいいんだ」

「おれ、たぶん、女の子にプレゼントとかしたことなくて、何を贈っていいのか悩んじゃって……」

「真魚ちゃんて隣にいた子でしょ、津上君のカノジョ？」

とたんに翔一は顔の前でオーバーに手を振りながら答えた。

「違います、違います！　真魚ちゃんはおれがお世話になってる先生の姪《めい》っ子で、言ってみれば妹みたいなもんです！」

「そうなんだ」

平然と言ったが雪紀は内心少しホッとしていた。

「服なんかいいんじゃない？」

「服ですか……でもおれ、女の子の服なんて全然わからないですよ」

「女の子ならここにいるでしょ。私にまかせなさい」

「なんか頼もしいですね。それじゃ、よろしくお願いします」

「決まりね。じゃ、買いに行く日は――」


今日がその日だった。

翔一との初デートだ。

雪紀はネグリジェを脱いで下着姿になると、姿見の前に立って服を合わせはじめた。

気に入らないとポイポイ床に放っていく。

雪紀は理屈で考えない。直感が決め手。ピンと来るまで続ける。

うん、これがいい。

明るい色のミニ丈レースワンピをチョイス、フェミニンな身なりで固めた。

一瞬、ある考えが頭をかすめた。

部屋に来ることになったりして……その流れでロマンスに……。

津上君てうぶに見えるけど、さりげなくコクったり、意外と積極的なのよね……。

雪紀はおもむろにタンスの引き出しを開けた。

中にはきれいに折り畳まれた上質な生地の勝負下着が並んでいた。


約束した正午ちょうどに待ち合わせ場所の駅前広場に着いた雪紀は、三十分前から待っていた翔一に「お待たせー」と声をかけた。

それからファーストフードで昼食を済ませ、繁華街のアパレルショップに入った。

「スレンダーで……きれいなお尻してて……」

などとつぶやきながら雪紀は真魚の体形に合った服を探した。

翔一も選んでみては雪紀に持っていった。

しかし、

「だめ」

別の服を選んで、

「違う」

これならという一押しを見せて、

「それは絶対ない」

と、全滅だった。

結局すぐには決まらず、次々とショップを変えることになった。

あれこれと服を手に取って雪紀が楽しそうな様子でいる一方、翔一はそばに立ち尽くして顔に疲れをにじませていた。

服選びにこんなに時間がかかるとは思ってもいなかった。

菜園の草むしりのほうがまだ楽だと思った。

最初のアパレルショップに入ってから三時間が経った。

ついに雪紀は真魚にいちばん似合うと感じる服に巡り合った。

手渡された翔一も今日見た中でいちばん良いと思い、即決してレジへと走っていった。

ラッピングを翔一が待っている間、雪紀はショップの外に出てうっとりとした表情を浮かべ幸福感に浸っていた。

あぁ……いい服に出会うとどうしてこんなに幸せなんだろ？　……もう他のこと全部どうでもいいって感じ……これって女の特権？　津上君はどうなのかな……？　というか、私頑張ったんだし、津上君、頭なでてくれないかな……。

そう思った次の瞬間、青ざめた。

ああっ！　やっちゃった……！　デートがメインのつもりで来たのに、つい服選びに夢中になりすぎた……あ〜、もう何やってんのよ！　私のバカっ、バカっ、バカあっ！

そんなふうに激しく後悔していると、チャラチャラした格好の若い男三人組が声をかけてきた。カラオケに行こうと誘ってくる。

雪紀はこの手の輩《やから》にナンパされるのに慣れていた。

うんざりしながらも笑顔を取り繕ってやんわり断ろうとする。

「けっこうですー」

と言いかけたとき、ショップのガラス戸が開いた。

手提げ袋をさげて翔一が出てくる。

その姿を見て雪紀はちょっとした企みを思いついた。

このシチュエーションを翔一がどう切り抜けるか試してみようと思ったのだ。

雪紀はめいっぱい困った顔をしてみせた。

翔一が雪紀を見て、次にナンパ男たちに目をやった。

「あれ？　雪紀さんの友達ですか？」

雪紀はガクッときた。

まあ、予想はしてたけどね……。

ナンパ男の一人が翔一にガンくれて「なんだ、テメェ！」と決まり文句で脅してきた。

翔一は表情ひとつ変えずに平然と答える。

「おれですか？　おれは雪紀さんの……アレ？」

「アレ？」

三人はハモった。

「ソレ？」

と翔一。

「ソレ？」

と三人。

「コレ？」

「コレ？」

「カレ？　そう、カレです、カレ！」

「なんだ、カレかよ」

とすっきりした顔をする三人。

だがすぐさま激昂《げっこう》した。

「つまんねーよ！」

「ナメてんのか！」

「しめんぞ、コラッ！」

「あはははは、すいません」

謝りながら翔一は穏やかに微笑む。

調子狂うなという表情で顔を見合わせた三人は「ゲーセン行くか」と漏らして去っていった。

三人をにこやかな表情で見送った翔一の腕を雪紀が肘でつついてきた。

口元を押さえくすくすと笑いながら言う。

「やるじゃない」

「いや〜、そんなに悪い人たちじゃなくてラッキーでした。あ、そうだ。ずっと立ちっ放しで疲れてませんか？　どこかで休みましょう」

「うん、そうしよ」

うなずいて言うと、雪紀は翔一の手を握って歩きはじめた。


同じころ、真魚は涼といっしょにいた。

休日を二人できちんと過ごすのは初めてだった。

じつはそのことで真魚には切実な悩みがあり、先日氷川に連絡をとって相談に乗ってもらっていた。

この前の喫茶店で真魚は氷川と落ち合った。

「すいません、忙しいのに来てもらって」

「いいえ、僕も真魚さんのことが気になっていましたから。それで、相談というのは?」

「ええと、ですね……」

なかなか言い出せず真魚は人差し指の先で襟足近くの髪を何度も丸めた。

ウェイターが来てエスプレッソとカフェラテ、伝票を置いていく。

氷川はエスプレッソにひと口、口をつけると表情を崩した。

「僕は笑ったりしませんから。どんなことでも話してください」

そう言ってもらって真魚はいくぶん楽になった。

自分の前に置かれたカフェラテを見ながらたどたどしく話していく。

「最近知り合った……友達と、今度の休日、出かけようと思ってるんですけど……わたし、都会の人ごみって、苦手で……」

氷川は相槌を打つ。

「都会の人ごみが苦手、ですか」

「……叔父さんの家に住むことになって、初めてこっちに来たときなんか、電車の人の多さにくらくらして……何度も途中の駅で降りて、ホームのベンチで休んだくらいで……」

「わかります、満員電車には僕も最初驚かされました」

「ほかにも東京駅とか、新宿とか渋谷とか、人がたくさんいる場所だとめまいがしてくるんです……でも、遊園地とか歓楽街とかそういう場所に行ったほうが、友達は喜ぶんじゃないかと思って……」

「なるほど。その友達のことを思いやって悩んでいるわけですね」

「……やっぱり、わたしがまんするべきですよね……」

「いえ、もし僕がその友達だったら絶対に無理はしてほしくありません。それよりも、人ごみが苦手ということを伝えてほしい」

「……嫌われたりしないでしょうか？」

「だれにだって欠点の一つや二つあるものです。大きな声では言えませんが、僕はどうも不器用なようで、じつは絹ごし豆腐を箸でうまく摘めません」

　真魚は目線を上げ氷川の目を見てつぶやいた。

「絹ごし豆腐……」

「はい、絹ごしです。木綿豆腐は完璧なのですが。それから、スキップをすると足がもつれて転んでしまいます。あ、スキップのことは津上さんには内緒にしてくださいね」

　スキップして転ぶ氷川を思い浮かべて真魚はクスッと笑った。

「あ、笑いましたね」

「ご、ごめんなさい……」

「謝ることはありません。欠点なんてそんなものです」

氷川の言うとおりかもしれないと真魚は思った。

そう思うと自分がささいなことで悩んでいたように感じられた。

真魚はぬるくなったカフェラテを口にして顔を上げた。

「とにかく、その友達にちゃんと伝えるべきです。言いづらいのなら携帯電話かパソコンのメールで伝えてもいいと思います」

「はい、なんとかやってみます」

「頑張ってください。応援しています」

氷川は力強い笑顔を向けて言った。

後日、氷川の言葉に後押しされた真魚は意外にもあっさりと涼に打ち明けることができた。

すると予想していなかった答えが返ってきた。

涼はもともと人ごみが大嫌いで、体が変容してからは特に避けるようにしているとのことだった。

涼も真魚同様、人ごみには行きたくなかったのだ。

それを知って安堵すると同時に真魚は心の内で氷川に感謝した。

氷川さんに相談して本当によかった。やっぱり氷川さんは頼りになる。

真魚と涼を乗せたバイクが走る。
スピードは人ごみを消し飛ばし、エンジン音は喧噪《けんそう》をかき消す。
シートの上は二人だけの世界だった。
やがてバイクはいつもの臨港公園で停まった。
二人はいつものベンチに座りいつものように海を眺めた。
めったに人が通らないそこは二人だけの秘密の場所になっていた。
結局デートはいつもどおりのデートだった。
耳をくすぐるような貨物船の汽笛が遠くで鳴っている。
真魚が思い出したようにバッグを開けた。
「先週、家庭科の授業で習って、家で作ってみたんですけど……」
言ってプラスチックの容器に入った肉じゃがと箸を差し出す。
涼は無言で受け取ると、じゃがいもをひとつ取って口に入れた。
次は牛肉を、次はにんじんを、次はたまねぎを——。
何も言わず涼はむしゃむしゃと食べ続ける。
真魚は自信なげに尋ねてみた。
「あんまり、おいしくないですか……？」

「いや、あんまりどころじゃない。相当まずい」

辛辣な言葉を平然と吐き、箸に刺したじゃがいもを真魚の口元に突き出す。

「食べてみろ」

咀嚼《そしゃく》して飲み込み真魚はガックリとうなだれた。

たしかに相当まずかった。

調味料の分量も、火かげんも、だし汁も、とにかくすべてがおかしかった。

きっと何度も味見をしたせいでかえって味が狂ってしまったに違いない。

一回作っただけで完璧にできる気になってた……肉じゃが、なめてたよ……。

もうダメ……葦原さんに嫌われた……。

「ごめんなさい……普段料理なんてしないくせに、見栄張ろうとしたから……」

そう言って顔を向けると、涼は黙々と食べ続けていた。

「……あの、うれしいんですけど……わたしなんかに気を遣わなくても……」

「気を遣っているわけじゃない」

「え?」

「俺は飢えていたんだ……飯にじゃない、こういう普通の幸せにだ」

肉じゃがの味を噛《か》みしめながら涼はつくづくそう思った。

そんな涼の横顔を真魚はじっと見つめた。

ふいに食べる手を止めて涼が尋ねる。

「俺といても退屈だろ?」

「えっ」

思ってもいなかったことを唐突に聞かれて答えるまでに間ができてしまった。

「そんなこと、ありません」

「……俺は人と関わり合うのが下手でな……友達と呼べるようなヤツができなくて、ガキのころからいつも独りでいた……」

自分も学校では友達がいなくて独りぼっちだと真魚は思った。

「それが生意気に見えたんだろう、中学のとき不良グループに目をつけられた……まあ、逆にしめてやったがな」

やんちゃだったころの自分を思い出して涼はわずかに苦笑した。

「高校で少しはマシになろうと思って水泳部に入ったんだが、結局、部の連中ともうまくやっていけなかった……だが水泳部はやめなかった。水を掻き、水を蹴《け》り、三年間ひたすら水と戯れた。肌を撫《な》でていく水を感じながら泳いでいるときがいちばん幸せだった」

「水泳、好きだったんですね」

「ああ。幸い素質もあったらしく、三年のときに出たインターハイで大学で水泳部のコーチをしている人の目に留まった。その人から誘いを受けた俺は推薦で大学の水泳部に入った。東京でアパートを借りて一人暮らしをはじめ、コーチの指導を受けながら毎日ハードな練習に打ちこんだ。いつしか俺は周囲から将来を嘱望《しょくぼう》されるようになっていた。俺自身、夢とまでは言わないが、水泳に関わって食っていこうと本気で考えるようになっていた」

そこまで語り、涼はしばし押し黙ってから再び口を開いた。

「だが……体がおかしくなったせいで、俺は水泳を失った……」

真魚は声をかけることができずただ涼を見つめていた。

その横顔はたった一人の大切な友達を失ってしまったような寂しさを湛《たた》えていた。

夕方、暗くなる前に真魚を家の前までバイクで送り涼は帰路についた。

道すがらふいに思った。

さっき俺は自然と自分の過去を語っていた……だれかにこんな話をしたことは今まで一度だってなかった……死んだ親父にだって……。

俺にとって真魚は、大切な女になるのかもしれない……。

同じく夕暮れ時、繁華街から離れた場所にある静かな公園で、翔一と雪紀はベンチに座って休んでいた。

「今日は雪紀さんのおかげで最高のプレゼントが買えました。ありがとうございます」

翔一は隣の雪紀に笑顔を向けた。

「役に立ててうれしい。ちょっと時間かけすぎちゃったけどね、てへ」

雪紀はそう言ってペロッと舌を覗かせた。

翔一はプレゼントの袋を眺めながら、真魚の喜ぶ顔を想像していた。

こちらまでにんまりしてしまう。

雪紀はナンパの一件以来、なんかいい感じと思って期待に胸を膨らませていた。

「あっ、そうだ。雪紀さん、あれから料理やってますか？」

「うん、まあ、たまにね」

「雪紀さんの手料理、食べてみたいなあ」

来たっ、と雪紀は思った。

意識しながらもなるべく平然を装って言う。

「べつにいいわよ、今日来る？」

「あっ、夕飯の仕度があったんだ……すいません、今日は無理でした」

「そう」

やはり平然と言ったが内心では少し傷ついていた。

けっこう勇気を出して誘ったのに……。

「また二人でどっか行きたいですね」

「私、観たい映画あるんだけどな……」

「映画ですか、いいですねぇ。じゃあ、その日に雪紀さんの手料理ごちそうになりに行こうかな?」

ガッカリさせといてここでもう一度来るか……やるわね……。

「わかったわ。料理、一生懸命やる」

夜のほうも、と思った。

どっちかと言えばそっちのほうが自信がある。

それから日時と待ち合わせ場所を決め、当日雪紀が作る料理の話をした。

そして翔一が「そろそろ帰りますか。おれ、送ります」と言ったときだった。突然翔一が立ちあがって虚空を見つめた。

「津上君……?」

「雪紀さん、すいません……おれ、急用ができました!」

そう言うと翔一は全力疾走で走り去った。

雪紀は呆気に取られていた。

ややあって大きく息を吐くとベンチにもたれかかった。

どうしよ……津上君のこと、本気で好きになったかも……。

ロックしたタイヤを横滑りさせてバイクが急停止した。

帰路を走っていた涼がアンノウンの活動を察知して急ブレーキをかけたのだ。

直ちにバイクの向きを変えて再び走り出す。

日が落ちて空が完全に暗くなったころ、たどり着いた廃工場で涼が見たのは、アンノウンの爆発による炎を背にして立つアギトの姿だった。

涼は驚愕《きょうがく》した。

あいつは見覚えがある、そう思った。

そうだ、あいつは真魚の中にいた。

涼が真魚の記憶を見たとき、人々を襲っていた金色の生物――それが目の前のアギトだった。

あのときに感じた真魚の悲しみが、そのまま涼の中に蘇《よみがえ》ってくる。

あいつか……あいつが真魚を不幸に陥《おとしい》れたヤツか！

アギトを見据える涼の目に憎悪の炎が燃え上がった。

涼はバイクを急発進させて叫んだ。

「変身っ！」

その姿がギルスに変わる。

それに呼応してバイクのカウルが生物の皮膚の質感を持った緑に染まった。

ギルス専用マシン――ギルスレイダーに変化したのだ。

フロントカウル中央の眼球のような赤い球体が佇《たたず》むアギトの姿を捉えている。

マシンの爆音を耳にしてアギトが振り向く。

ギルスは怒りの咆哮《ほうこう》をあげ、ギルスレイダーをウィリーさせて猛然と襲いかかった。

とっさにアギトはハイキックを繰り出した。

アギトの足がギルスレイダーの前輪を受け止めて、一瞬、均衡状態が生まれる。

何だ、こいつは……⁉

そう思った矢先、ギルスがマシンを放り出して飛びかかってきた。

アギトは夜空を見上げる格好になった。

馬乗りになったギルスが怒りをこめた拳を叩きつける。

大砲のような拳がガードの手を弾き、アギトの顔面に叩き込まれる。

徐々にアギトの意識が深いところへ沈んでいく。

ついにギルスは頭を粉砕せんと大きく拳を振り上げた。

そのとき銃声が響きわたりギルスの背中に衝撃が走った。

振り向くと、銃を構えた金属の鎧《よろい》の姿が見える。

涼はまだそれが対アンノウンのために開発されたG3であることを知らない。

立て続けにG3は銃弾を放った。

「があー！」

ギルスの咆哮が響きわたる。

ギルスは身をかがめて弾丸をかわし、工場内の三トントラックをG3に向けて弾き飛ばした。

ヒュンッとトラックが意外なスピードでG3に襲いかかった。

トラックの直撃を受け、G3が大きく吹っ飛ぶ。

この力……あの生物はいったい……⁉

アンノウンか？　違う、と氷川は思った。

どちらかと言えばアギトに近い。

ただし、アギトを初めて見たときに感じた人間的な穏やかさは見られない。

伝わってくるのは理由のわからない悲しみだった。

トラックが炎上する中、ふらつきながらも立ちあがったG3だが、そこにギルスの嵐のようなラッシュが待っていた。

拳の連打を浴びせられ火花を散らしながら装甲に亀裂が走っていく。

G3は素早く距離をとって腕に装着したソードを振り抜く。

だがギルスは口を開けてソードを牙で受け止めた。

「何ぃっ⁉」

そのままソードを噛み砕くとギルスは踵の鉤爪を伸ばして脚を上げた。

その踵落としが炸裂《さくれつ》する寸前、ギルスは横からの衝撃を受けて横転した。

飛び込んできたアギトのタックルを食らったのだ。

ギルスは二度、三度とアギトの拳を受けて後退した。

なおもアギトは攻撃の手を休めない。

すかさずG3はハンドガンにグレネードユニットをセット、一撃必殺の威力を秘めたグレネードランチャーを構えた。

「アギトっ！」

アギトはG3の意図を察し後方に飛びのく。

ギルスは自分に向けられたグレネードランチャーをにらみつけた。

「くらえっ！」

G3がトリガーを引く。

だがその直前、ギルスレイダーは相棒の危機を察知した。

トップスピードに乗った無人のギルスレイダーがトリガーを引く瞬間のG3に突っ込んでいく。

Ｇ３は激しく火花を上げて吹っ飛ばされ、標的を失ったグレネード弾はギルスのはるか後方に飛んで廃車の山を炎上させた。

再び地面に這《は》いつくばったＧ３はバックルのゲージランプが完全に消え、戦闘不能状態に陥った。

マスクの内蔵スピーカーからは離脱を指示する澄子の叫声が響いていた。

それでも立ちあがったＧ３の後頭部にギルスの鋭く伸びた踵の鉤爪が炸裂した。

Ｇ３は背中から轟沈《ごうちん》した。

砕かれたマスクから痛みに耐える氷川の顔が覗いている。

ギルスに襲いかかろうとしていたアギトはピタッと驚愕に動きを止めた。

翔一は目の前の光景が信じられない。

氷川さんっ⁉

ギルスは再びアギトに向き直った。

その燃え上がる殺気は衰えていない。

ギルスの殺気を受けてごく自然にアギトは戦闘力を高めていく。

六本に展開する角、地面に浮かび上がる龍《りゅう》の紋章。

必殺の一撃を放つ体勢だ。

対するギルスはその口を再び大きく開き、夜空の星々を吹き飛ばさんばかりに最大の咆哮をあげた。

同じく力を溜《た》めて必殺の一撃を狙っている。

一瞬の静寂。

そしてアギトとギルス、両者の体が同時に跳んだ。

アギトのキックとギルスのヒールキックが空中で激突する。

轟音とともに凄まじい衝撃波が周囲に拡散した。

工場や廃車の窓ガラスが粉々に砕け飛ぶ。

吹っ飛んだギルスは工場のコンクリート製の外壁を突き破り、瓦礫《がれき》とともに建物内に倒れこんだ。

即座に立ちあがり建物を出てあたりを見回す。

だが、すでにアギトの姿はなかった。Ｇ３の姿さえ見当たらない。

怒りと悔しさが猛烈な勢いでわき上がってくる。

ギルスは崩れるように膝をつき、コンクリートの地面に何度も何度も拳を叩きつけた。

工場内に怒り狂う獣の咆哮が響きわたり、こだました。

5

ベッドの横にはガーリーな白のマキシ丈ワンピとボーイッシュなジャケット、下着が脱ぎ捨てられたようにあった。

カーテンの隙間から差した日射しがベッドで眠る雪紀の目を覚ます。

雪紀は天井を見ながら顔に幸福感をにじませた。

ちょっとできすぎかな、昨日は……。

翔一と映画観て、うちでごはん食べて……それから……。

思い返してつい笑みがこぼれてしまう。

ふいに味噌汁のにおいに鼻をくすぐられた。

ベッドの中で寝返りを打って隣を見ると、寝ているはずの彼の姿はない。

するとキッチンから翔一が笑顔を覗かせた。

「おはようございます、雪紀さん」

「おはよ、翔一」

雪紀は笑顔を返した。

「もうすぐ朝ごはんできますから」

「うん、ありがと」

と、出し抜けに置き時計のアラームが鳴りはじめた。

ピピピピ、ピピピピ、ピピピピ、ピピピピピピピピ――。

ガバッと毛布をはねのけて雪紀は体を起こした。

ガンッと置き時計のボタンにチョップしてアラームを止める。

真っ赤になった顔を両手で覆《おお》ってうつむいた。

なんて夢見てるの、私……！　どれだけ今日のデート意識してるのよ……！

もぅ、サイテー……。

しばらく自己嫌悪したあと、雪紀は部屋着に着替えて部屋のかたづけをはじめた。


「わたしの好きなもの？」

真魚が箸を持つ手を止めて聞き返した。

着ているのは高校の夏服――ブラウスにサマーセーター、スカート。

「ああ、そうだ。何でも好きなものを買ってあげるよ。もうすぐ真魚の十七歳の誕生日だろ」

言って美杉はネギと豆腐の味噌汁をすすった。

「おれ、ごちそう作っちゃうよ。せっかくのお祝いだし」

翔一は出汁巻きを口に運ぶ。

美杉家のダイニングキッチンで『家族三人』は翔一が作った朝食を囲んでいた。

咀嚼した大根の浅漬けを飲みこんで真魚は答える。

「いいからいいから、普通でいいから。叔父さんもさ、わたしほしいものなんてべつにないしさ」

「遠慮することはないんだよ」

「そういうことじゃなくて、今のままでよくしてもらってるし」

真魚は牛乳を飲み干すと「ごちそうさま。行ってきます」と言ってそそくさとダイニングから出ていった。

美杉はどこか寂しげな表情を浮かべた。

翔一は元気づけるような口調で言う。

「先生、真魚ちゃんのお祝い、盛大にやりましょう」

「ときに翔一君、先日頼んだ件なんだが……」

「安心してください」

笑顔を湛えて翔一は続ける。

「真魚ちゃんの帰りが遅くならないようにするって言ってくれました。先生にもすまないって。見た目は恐そうな男の人でしたけど、真魚ちゃんのことを真剣に考えてくれています」

「やはり彼氏がいたのか……」

美杉は愕然として表情を曇らせた。

「そういう関係じゃないみたいですけど……」

「同じ学校の男子かね？」

「いえ、二十歳って言ってました」

眉間に皺《しわ》を寄せて美杉は独り言をつぶやきはじめた。

「年上か……高校生に手を出すなどけしからん……まさか、真魚の誕生日に良からぬことをするつもりじゃ……」

美杉はバッと立ちあがった。

「翔一君っ！　その男のもとに今すぐ案内しなさいっ！」

「ちょ、ちょっと、先生……⁉」

だが美杉はすぐに腰を下ろした。

「いや待て、そんなことをしたら真魚に恥をかかせることになる……それに今時の子は何事も進んでいるものだ、十七など遅いくらいかもしれん……ここはどっしりと構えて見守ってやるのが父親としてあるべき姿では……いやいやいやっ！　やはりダメだ！　まだ早すぎる！　……いや、しかし――」

「あの、おれ、今日用事あるんで……すいませんっ」

翔一はすたこらさとダイニングをあとにした。

一人残された美杉は思い悩みながらぶつぶつとつぶやき続けた。

大学に行くのを思い出したのは一時間以上経ったあとだった。


掃除機のスイッチをオフにしてコンセントを抜き、雪紀は足の親指でボタンを押してコードを巻き戻した。

リビングの半分を占拠していた服の山は整理され、収納スペースの衣装ケースの中に収まった。

整然と片づいた部屋を見るのは入居したとき以来だった。

心なし、落ち着かないものがあるわね……。

そう思いながら掃除機を収納スペースの隅にしまっていると、つけっ放しにしておいたテレビから事件のニュースが聞こえてきた。

その事件の日撃者談はこうだった。

ビジネススーツを着た若い女性が公衆電話ボックスで電話をかけていると、突然ボックス内に白い煙が充満した。

呟きこみながら出てきた女性はその直後、自分の体を見て悲鳴をあげた。

下半身が溶けて泡になっていたのだ。

たちまち全身が泡と化し、最後に残った生首も泡となって完全に消滅した。

その場所には彼女が着ていたスーツと下着だけが残ったという。

訝《いぶか》しげな顔をして雪紀はテレビ画面を見つめていた。

人間が泡になるなんてありえない……また不可能犯罪ね……。

雪紀は不可能犯罪やアンノウンのことをネットで見たり友達と噂話《うわさばなし》をする程度には知っていた。

世間ではアンノウンの正体や目的、標的について諸説飛び交っていた。

宇宙人や異世界人による地球侵略説、軍が開発した新兵器の性能実験説、突然変異した人間が恨みを晴らしているという復讐説、神の使いによる人類淘汰説、等々。

その中には『被害者=超能力者説』もあった。

ネット上には被害者から実際に超能力を見せてもらったという趣旨の書きこみが少なくなかった。

また被害者自身が動画投稿サイトにアップした不可思議な動画も残っていた。

テニスボールの表裏が一瞬にして逆転する動画は、オカルト愛好家の間で真偽が検証されるほど話題になった。
オカルトの類には無関心な雪紀もこの説には興味を持っていた。
アンノウンはさておき超能力が本当に使えたらおもしろいと思っていた。
雪紀はリビングの隅に積んであるファッション雑誌に手を向けて念じてみた。
浮きなさいっ！　浮くのっ！　浮けえっ！
………。
何が起こるでもなく雑誌はそのままそこにあった。
まあこんなもんかという表情を浮かべて雪紀は服を着替えはじめた。

翔一はバイクを走らせて待ち合わせの場所に向かっていた。
まだ時間に余裕はあるがどうしてもはやる気持ちを抑えられなかった。
約束した日からずっと雪紀の手料理を楽しみにしていた。
おいしいもまずいもない。
自分のために作ってくれるというだけで感動できた。
翔一には親の記憶もない。
母の手料理もその味も覚えていなかった。

だから翔一は自分のために作ってくれた手料理はすべて母の味にしようと決めていた。
姿見の前で雪紀はコーデをチェックした。
今日はガーリーな白のマキシ丈ワンピにボーイッシュなジャケットを合わせてみた。
うん、まさに夢で見た甘辛コーデ！
その場で軽やかに回ってコケティッシュなポーズをきめてみる。
これで夢のとおりに……。
そう思って顔に下心をにじませたときだった。
姿見の端に映った不思議な現象を見た。
雪紀は信じられないという表情で振り返る。
ファッション雑誌が腰の高さまで浮き上がっていた。
うそ……⁉　できちゃった……！
夢じゃない……私って、超能力者だったのね……！
秘められた力が自分にあったことに驚き、同時に喜びがわき上がってきた。
だれかに話したい。見せたい。驚かせたい。
そうだ、津上君に！

雪紀は取るものもとりあえずリビングを出ようとした。

だが、背後で蜥蜴《とかげ》タイプのアンノウン＝リザードロードが殺しのサインを切っていた。

その口から雪紀に向けて白煙が放たれた。


部屋中に充満していた白煙がベランダの窓の隙間から外へと流れ出ていく。

白煙に覆われていた家具や家電が徐々にその形を取り戻す。

雪紀がデートに着ていこうとしていた服と下着がベッドの横に脱ぎ捨てられたように落ちていた。

雪紀の姿はもう見えない。

床に残ったわずかな泡が風に舞い、ふわりふわりと浮かんで窓から外に飛んでいく。

泡はシャボン玉のように、雪紀の魂のように空を飛んだ。

舞い続けるシャボン玉の下にリザードロードの姿がある。

そのアンノウンは一度路地を走りはじめ、ふいに止まった。

アギトだった。

リザードロードの行く手を塞ぐようにアギトがゆっくりと現れたのだ。

リザードロードがアギトに向けて白煙を吐く。

煙に触れて周囲の塀や電柱が融けていく。

アギトは煙が達する前にジャンプした。

やがて白煙が晴れ、眼下にリザードロードの姿が見えた瞬間、アギトは矢のような蹴りをアンノウンの脳天に放った。

リザードロードが爆発し、空のシャボン玉がパチンと弾けた。


鮮やかな夕焼け空を、翔一は物憂い気持ちで見上げていた。

リザードロードを倒したあとフルスロットルでバイクを飛ばし待ち合わせ場所にたどり着いて、そのままずっと雪紀を待ち続けていた。

「お待たせー」

駆け寄ってきた女性が翔一の隣で待っていた男性に声をかけた。

二人は楽しそうに話しながら映画館へ入っていく。

翔一は二人の後ろ姿を寂しげに見送るとまた夕焼け空を見上げた。

「翔一君、何してるの？」

横を見ると学校帰りの真魚がいた。

翔一はいつものように笑顔で迎えた。

「おかえり、真魚ちゃん」

「て、まだ下校途中なんですけど……それで、何してるのよ？」

「うん……じつは、雪紀さんと待ち合わせしたんだけど、おれ、遅刻しちゃって……たぶん雪紀さん、怒って帰っちゃったと思うんだよね」

「じゃあ待ってたってしょうがないじゃない」

真魚は両手で翔一の腕をしっかりと摑んだ。

「来週梅雨入りするんだって。新しい傘、ほしいんだよね。買うのつき合ってよ」

明るく言って翔一の腕を引いて歩き出す。

「なんか真魚ちゃん、うれしそう……」

「そんなことないって。ほら、行くよ」

「う、うん……」


ファンシーショップに入った二人は傘のコーナーで足を止めた。

真魚は明るい色がほしかった。

雨の日は決まってブルーな気分になる真魚だが、明るい色の傘を広げれば少しは気分も明るくなる気がした。

色とりどりの傘を眺めながらそのことを話すと、翔一が「これなんかどうよ」と言ってオレンジ色の傘をバッと開いた。

一瞬、花が咲いたのかと真魚は思った。

その傘は花柄で蜜柑《みかん》のような色をしていた。

いいかも。

ひと目で気に入った真魚はそのオレンジ色の傘をレジに持っていった。

それからショップを出て二人で帰り道を歩いていると、真魚のケータイに美杉から着信が入った。

ゼミの学生たちと呑むことになったから夕飯はいらないという。

そこで真魚たちは、せっかく外にいるからと外食をすることにした。

これまで二人だけの外食はファミレスか喫茶店でしかなかった。

しかし今日の真魚は特別な店に行きたい気分で、以前から気になっていたシックな外観のビストロをせがんでみた。

翔一もそこで食べたことはなく、メニューに興味津々になって真魚より先にエントランスへ入っていった。

店内にはカウンター席とテーブル席があり、どちらにも大人のカップルがいる。

わたしたちもカップルに見えたりして……まさかね……。

そう思って小さく笑っていると女主人に声をかけられ二人は窓際のテーブル席に向かい合って座った。

さて。

真魚の肩に力が入る。

じつを言うと、真魚は人生で一度もフランス料理を食べたことがなかった。

いろいろマナーがうるさい、という漠然としたイメージだけはあった。

渡されたメニューを見てもどんな料理かいまいち想像がつかない。

翔一は感心してうんうんうなずきながらメニューを見つめている。

自分だけわかってないでわたしにも教えてよっ！

そう心の中で文句を言いテーブルの下で脛《すね》を蹴ってやろうかと思っていると、横に立っていた女主人が一品ずつ解説をはじめた。

なるほど、なるほど。

わかりやすい説明に真魚はホッと胸をなで下ろす。

どうやらこのビストロでは前菜とメインディッシュ、デザートをそれぞれ一品ずつ選べばいいらしい。

真魚がどれにしようか真剣に悩んでいると、翔一がメニューについて詳しいことを聞きながら女主人と談笑をはじめた。

そんな翔一が真魚の目には大人に映った。

いつも同い年くらいの感覚でいたが実際は年上であることがにわかに思い出された。

真魚は翔一と同じ料理を注文した。

そして翔一の見よう見まねでナイフとフォークを使って食べた。

ただ小食の真魚が翔一と同じ量を食べきれるわけはなく、半分は翔一に食べてもらった。

食後だいぶお腹がもたれたが、それでも味は充分満足のいくものだった。

お代を翔一が払い二人は外に出た。

「ごちそうさまでした」

真魚は丁寧に相合い傘してあげるよ」おもむろにさっき買ったばかりの傘を広げた。

「ねえ、特別に相合い傘してあげるよ」

「え？　雨なんか降ってないけど……」

「だから特別なんじゃない」

真魚は翔一を傘の下に入れて微笑む。

「さ、帰ろ」

「……うん」

微笑み返した翔一は傘の柄を持つ真魚の手に自分の手を重ねた。

星が瞬く夜空の下、二人はオレンジ色の傘を差して帰り道を歩いていった。

第四章

1

今日もG3ユニットはなじみの焼き肉屋で昼食を取りながら会議を行っていた。

三人は真顔で網の上を注目したまま話している。

視線の先にあるのはピーマンととうもろこし。

澄子がピーマンを裏返した。

「アンノウンとはまったく別の力を感じたわ。そうね、なんていうか、感情の爆発とでもいうような」

「僕も同じようなものを感じました。人間臭さといってもいいと思うのですが」

氷川はとうもろこしを裏返して続ける。

「それはアギトに関しても同じです」

「どういう意味です？　あの生物もアギトも正体は人間てことですか？」

と尾室。

「いえ、詳しいことはわかりませんが……」

澄子は大ジョッキの生ビールを飲み干して言う。

「とにかく謎が多いわよね。あの存在がアンノウンでないとするなら、なぜアギトに襲《おそ》いかかったのか、両者の関係はいかなるものなのか……生おかわり！」

網の上でとうもろこしは焼き目をつけていく。

それを凝視したまま氷川は思案顔をしていた。

「どうした？　生おかわり！」

「もしアギトが人間だったら、いったいどんな人物なのかと……」

「そりゃ、いい人に決まってますよ。何度もG3のことを助けてくれたし」

尾室はとうもろこしを箸《はし》で取ってかじり顔をほころばせた。

からにした大ジョッキを置いて澄子は平然と言う。

「どうかしらね？　意外と想像もつかないような裏があるかもしれないし。生おか——」

バンッとテーブルを叩《たた》いて氷川が立ちあがった。

「ちょっと待ってください！　僕は尾室さんの意見に賛成です！」

氷川は身を乗り出して澄子の顔の前にぐっと迫った。

「何度もアギトとともに戦っている僕が言うんです！　アギトが人間ならきっと高潔な、人間愛にあふれた人物に違いありません！」

澄子は完全に気圧《けお》され箸を落とした。

「わ、わかったわよ……」

なおも氷川のアギト賛美は続いた。

それをよそに尾室はほど良く焦げ目のついたピーマンをぱくりと頬張った。


空は灰色の雲に覆《おお》われている。

天気予報では六月下旬はずっと曇りか雨になっていた。

その空の下、菜園に出た翔一は野菜の葉をめくり一枚一枚に厳しい目を向けていた。

梅雨時は病気が発生しやすく害虫も増えるのでこまめな点検が欠かせない。

ひととおり点検を終えて相好を崩した翔一は家に入り掃除をはじめた。

ダイニングキッチンの床を雑巾で拭《ふ》き、リビングに掃除機をかけ、そして真魚の部屋の掃除に取りかかった。

カーペットに掃除機をかける前に散らかっている文庫本を整理して本棚に運ぶ。

スペースを作ろうと棚の本を端に寄せたとき一冊が落ちた。

落ちた本の表紙が開き、挟んであった紙切れがばらりと落ちる。

「！」

と、翔一の目が見開かれた。

それは数枚の新聞の切り抜きだった。

『あかつき村』の文字が見える。

そのひとつの村を壊滅させた事件の記事が、文字の乱舞となって翔一の頭に飛び込んできた。

あかつき村……？

『連続殺人』『謎』『殺戮《さつりく》』『屍《しかばね》』等の文字がぐるぐる回りながら乱舞して、その中に『風谷真魚』の名前が混じった。

真魚ちゃん？

新聞に掲載された村の写真がどくんと脈打ち色がついた。

ふと、翔一は血の臭いを嗅いだように感じた。

村の写真が窓の風景のように現実となって迫ってくる。

これって……。

翔一は自分の記憶が戻りつつあるのを感じていた。

翔一はふっと意識を失った。


「ただいまー」

玄関でローファーを脱いで真魚は階段を上がっていく。

部屋のドアを開けると、横たわっている翔一の姿が目に入った。

「翔一君っ⁉」
思わず叫んで真魚はあわてて駆け寄った。
「翔一君っ！　どうしたのよ、翔一君てばっ！」
呼びかけながら手で額に触れた瞬間、真魚の脳裏にある光景がよぎった。
真魚はハッとして手を引いた。
何、今の……？　翔一君の、記憶……？
人の記憶を覗《のぞ》くのはいけないことだとわかっている。
しかし、今一瞬垣間見えた光景は見覚えのあるものだった。
まさか……まさか、そんなはず……。
真魚はためらいながらも手を伸ばし、翔一の額に再び触れた。
深く暗いところに沈んでいる記憶の一片が浮かび上がってくる――。

夜のような濃い霧の中、男が水田で四つん這《ば》いになって逃げていく。
その男の後ろ姿を捉《とら》え視点は徐々に接近した。
泥に足を取られて男は思うように進めない。
ついに視点が真後ろに迫った。

男が振り返る。

恐怖に歪《ゆが》んだその顔——。

『お父さんっ……!?』

仲幸が最期の声をあげる。

「や、やめろっ……やめてくれえっっっ!!」


真魚は瞳に涙を溜《た》めていた。

ふいに自分の名前が呼ばれていることに気づいた。

「真魚ちゃん、どうしたの？」

翔一が下から心配そうに見つめている。

真魚は翔一の額から手を離し涙を拭《ぬぐ》った。

「てか、おれのほうこそどうしたんだ？　たしか、ここでめまいがして……」

「出てって」

体を起こした翔一に真魚は冷たく言い放った。

「でもほら、まだ掃除終わってないし」

「気分が悪いんだって、出てってってってば！」

「……はい」

しゅんとして翔一は立ちあがった。

真魚はへたりこんだまま動かない。

どうして、どうして翔一君の記憶の中にあの光景が……？

まさか、金色の生物の正体は翔一君……？

まさかそんなこと……翔一君に人を殺せるはずない……！

じゃあなんで……？

答えなど出るはずもなく真魚の思考は堂々巡りをくり返した。

日が落ちて部屋に影が満ちる。それでも真魚は動かない。

夕飯の仕度ができて翔一がドアの前まで呼びに来たが、真魚は部屋を出なかった。

それからしばらくして翔一がバイクのエンジン音が聞こえてきた。

窓の外を見ると、翔一がバイクでどこかへ出かけていくところだった。

時計は午後九時を回っている。

また今日も……翔一君、ときどき急に家を飛び出すけど、どこに行ってるんだろう……？　何してるんだろう……？

気がつくと、真魚は部屋から飛び出していた。

真魚は自転車のライトをつけて翔一のあとを追った。

意識を集中すると翔一がたどった道のりが光のように浮かび上がった。
家から一キロほど離れた森林公園の入り口にバイクは停まっていた。
自転車を降りて公園内を小走りで進みながらあたりを見回す。
暗い森の中に人気はなく蛙《かえる》や虫の鳴く声だけが響いていた。
真魚は少し怖くなった。
それでも自分では制御できない力に後押しされて森の中を進んだ。
突然、強い光が飛びこんできた。
手で遮《さえぎ》りながら目を凝らすと、人の形のシルエットが見える。
光はその人物の腰のあたりから放たれていた。
翔一だ。
翔一はアンノウンらしき生物と対峙《たいじ》していた。
なんで、なんで翔一君がアンノウンと……⁉
状況が飲みこめず真魚は混乱した。もう何がなんだかわからない。
だが次の瞬間、真魚の表情は凍りついた。
翔一の姿が一瞬にしてアギトに変わったのだ。
真っ青になって真魚は後ずさった。
やっぱり……あの生物は、翔一君だったんだ……！

翔一君がお父さんを……お父さんを……!

真魚はその場から走り去った。知らないうちにのどから嗚咽《おえつ》が漏れていた。

涙が溢《あふ》れた。脚がもつれて森の出口で転倒した。

立ちあがってまた転んだ。

膝が痛い。だが、もっと痛いものがある。

そのもっと痛い痛みを忘れるために真魚は手を噛《か》み、髪の毛を引っ張り、唇を噛んだ。

真魚はぺたんと地面に座ったまま大声をあげて泣き続けた。


ズシ……ッと森が揺れた。

カマキリタイプのアンノウン=マンティスロードがその鎌のような腕で樹木を切断したのだ。

鎌の一撃を危うくかわしたアギトが素早く後方にジャンプして距離を取る。

だがマンティスロードは両腕の鎌を振り回しながら追い打ちをかけた。

かわしたと思っても切り裂かれた空気がカマイタチのような衝撃波になってアギトの体を傷つけていく。

アギトは左の鎌を両手で挟み込むようにして受け止めた。

マンティスロードは右の鎌を振り上げてアギトを狙う。
アギトはその鎌を回し蹴《げ》りで弾き返した。
そのまま蹴りを変化させてマンティスロードのボディに前蹴りを入れる。
両者が距離を取ったとき、
「！」
と、アギトの体に戦慄が走った。
マンティスロードとは比較にならない殺気を感じる。
闇の中からだれかがこちらを見つめている。
マンティスロードが飛びかかってくるのと同時に野獣の咆哮《ほうこう》が森に響いた。
木々の間から姿を現したのはギルスだった。
鉤爪《かぎづめ》を伸ばした踵《かかと》を振り上げて上方からアギト目がけて飛びこんでくる。
だがその鉤爪が貫いたのはアギトにぶつかってきたマンティスロードの腕だった。
パアッ……と傷口から黒い血を噴き出してマンティスロードが地面を転がる。
ギルスはアギトだけを見据えて雄叫びをあげた。
アギトは悠然と構えて迎え撃った。
拳と拳、蹴りと蹴りが凄まじい音をあげてぶつかり合う。
拮抗《きっこう》した戦いが繰り広げられる。

突如、ギルスの動きが止まった。

背後からマンティスロードが無傷のほうの鎌を振り下ろしたのだ。

肩口から腰にまで伸びた裂傷から緑色の血が流れ出す。

水を差されたギルスは邪魔だとばかりに回し蹴りを放った。

ズブッと顔の端から端まで鉤爪が貫通、直後、マンティスロードの頭は爆発して粉々に吹き飛んだ。

ギルスは再びアギトに射るような視線を向ける。

だが今度は銃弾が背中を襲った。

振り向くと、生身の氷川がG3専用のハンドガンを両手で構え、樹木に背を預けて立っていた。

G3システムは修理中だった。

前回の戦いで破損した頭部ユニットの修理が終わるまでまだしばらく時間がかかる。

一般人からのアンノウン目撃情報を受けて警邏《けいら》中だった氷川は獣の咆哮のような声を聞いてこの森に急行した。

そこでギルスと戦うアギトを目にしたのだ。

G3が使えなくても氷川はアギトを援護するのにためらいはなかった。

何度も自分を助けてくれたアギトだ。

力になれるならなんでもする。
氷川はギルスを狙って発砲を続けた。
G3用のハンドガンは生身の人間が使用できるようには設計されていない。
G3の鎧《よろい》を装着して初めてその反動に耐えられる。
氷川は凄まじい反動に耐え必死の形相で攻撃を続けた。
銃弾を受けるたびギルスの体が躍るように揺れる。
だがとうとう氷川の両腕が悲鳴をあげた。
骨が折れて激痛が走りハンドガンが宙を舞う。
そこに腕から引き出されたギルスの触手が鞭《むち》のように氷川を狙った。
薙《な》ぎ払われた氷川は樹木の幹に体を強打して倒れこんだ。
「ぐあああああっ！」
「氷川さんっ！」
アギトは憤然としてギルスに向かった。
よくも氷川さんをっ！
だが冷静さを欠いたアギトの隙《すき》をギルスは見逃さなかった。
固く握りしめた拳で強烈な一撃を顔面に叩きこんだ。
さらに意識が飛びかけたところに拳や蹴りの猛烈なラッシュ、サンドバッグ状態となったアギトはやがて両膝をついた。

もはやアギトはうなだれたまま動かない。

ギルスは再び咆哮をあげると踵を振り上げた。

必殺の鉤爪が脳天目がけて振り下ろされる。

そのときアギトの赤い目があやしく光った。

次の瞬間、弧を描いていたギルスの踵がぴたりと止まった。

何っ⁉

アギトが片手でなんなく踵を受け止めたのだ。

アギトが手首を軽く捻《ひね》る。

「……くっ！」

鉤爪はガラスのように切断された。

生爪を剝《は》がされたような痛みに叫びをあげてギルスは地面を転がった。

アギトはゆっくりとギルスの首を摑《つか》み上げた。

片手でギルスを持ち上げ、その腹部に一発、二発とパンチを入れる。

一発ごとに轟音《ごうおん》がこだまし、内臓を突き抜けるような衝撃でギルスの体は後方に吹っ飛びそうになる。

何だ、この威力……⁉　まるで別人だ……！

ギルスは圧倒的なアギトの力を感じた。

アギトの放つ圧力だけで体が押しつぶされそうだった。

これが、アギトの真の力なのか……!?

アギトは邪魔な物を投げ捨てるようにギルスの体を放り投げた。

矢のように吹っ飛んだギルスは大木に激突、その木とともに地面に倒れこんだ。

這いつくばったギルスの変身が解けて涼の姿に戻っていく。

そこへアギトが静かな足取りで近づいてくる。

か、体が……動かない……!

涼の眼前にアギトが迫った。

やられる……!

だが突然アギトは頭を抱えて苦しみはじめた。

まるで自分の中の何かと戦うように、拳を振るい木々を薙ぎ倒し、そして次の瞬間、アギトは眩光《げんこう》に包まれその場に倒れた。

徐々に光が治まっていき、アギトの体が消えていく。

アギトは翔一へと戻っていった。

涼は目を疑った。

何っ……!?　奴が！

氷川は事実を受け止められず狼狽《ろうばい》した。

津上さん……？　そんな……なんで……なんで……津上さんが……⁉

翔一は頭が破壊されるような激しい痛みに襲われていた。

おれは……どうしたんだ……⁉　どうしたっていうんだ……⁉

やがて記憶の深淵《しんえん》から浮かび上がった映像が翔一の意識を覆っていった。

闇のような霧が畑地を覆い、周囲にはねっとりとした血の臭いが漂っていた。

縞状《しまじょう》に流れるその霧の隙間から無数の人々の残骸が見える。

それはかろうじて人だとわかる状態だった。

引き裂かれた肉片、飛び散った内臓、流れ続ける血、恐怖に歪んで凍りついた人々の顔が血に塗《まみ》れてつぶれている。

その人々の残骸を踏みつけて歩いているのはアギトだった。

アギトはだれかを追いかけているようだった。

土と血に汚れた中年の男が息を荒らげ、転びそうになりながら必死の形相で逃げている。

その背中が徐々に近づく。

男が振り向いた。
それは死の恐怖を顔に貼りつけた真魚の父親――仲幸だった。

翔一はハッと意識を取り戻した。
自分は仲幸を手にかけた、そう思った。
仲幸だけではない。村人全員を……。
「ぶはあっっっ……!!」
耐えられずに翔一は嘔吐《おうと》した。
吐瀉物《としゃぶつ》の中に赤い色が見える。
夕食のサラダに使った菜園のにんじんだった。
心をこめて育てた野菜に嫌われたように翔一は感じた。
そんな……そんな……！　おれが、おれがやったのか……？　真魚ちゃんのお父さんを
……村の人たちを……おれが……⁉
受け入れられる事実ではなかった。
だが実際に事件の記憶が、村民を惨殺した記憶が自分の中にあった。
蘇《よみがえ》った記憶が自分が犯人だと告げている。

「嘘《うそ》だ……嘘だ……嘘だ……嘘だ、嘘だ、嘘だ、嘘だっ！」

翔一は悲鳴のような叫びをあげながら森の奥へと駆け出していった。

2

ひと晩中さまよい続けた。

どこをどう歩いているのかさえわからなかった。

自分があかつき村事件の犯人だと訴えかけてくる記憶から逃げたい一心で徘徊《はいかい》を続けた。

いつしか空が明るくなっていた。

だが日は厚い灰色の雲に遮られていた。

その空を見上げた翔一はあきらめの気持ちになった。

自分が犯人なのかもしれないと思った。

取り返しのつかないことをしてしまったと思った。

殺してしまった村人たちに申し訳ない気持ちでいっぱいになった。

足は美杉の家に向いていた。

真魚にすべてを打ち明けて謝ろうと決めていた。

門を通り玄関で靴を脱いで階段を上がる。

目的の場所までの距離がいつもより長く感じられた。

翔一は真魚の部屋の前にたどり着いた。

合わせる顔などないのはわかっている。

ドアの前で声を振り絞った。

「真魚ちゃん……」

部屋から返事はなかった。

ただなんとなく真魚がいることはわかった。


翔一を犯人とは思いたくなかった。

それでも翔一がアギトに変わる光景が瞼《まぶた》に焼きついていた。

自分でもどうしていいかわからず、真魚は昨夜帰ってからずっと毛布にくるまったまま折り紙の箱を折り続けていた。

ドアの向こうから途切れ途切れに翔一の声が聞こえてくる。

記憶の一部が蘇ったこと、それがあかつき村事件の記憶だったこと、そして犯人が自分であること――。

翔一が謝ろうとしていることがわかった。

だが謝られてもどうしたらいいか真魚にはわからなかった。

箱の数だけが増えていった。


真魚からは何の言葉も返ってこなかった。

アギトを、自分を裁かなければならない。

そう決心した翔一は自首することを告げて階段を降りはじめた。

玄関のドアを開けると、門の前に人がいるのに気づいた。

緊張した様子の氷川がインターホンのボタンに右手の人差し指を近づけたり離したりして逡巡《しゅんじゅん》していた。反対の左腕は包帯で首から吊っている。

不思議に思って翔一が見ていると、その顔を目にするやいなや氷川は逃げ出した。

道の角を曲がったところで足を止めて大きく息を吐く。

落ち着け……落ち着くんだ……普段どおりに接すればいい……。

ネクタイを直しながら再び翔一の前に戻った氷川はガチガチの敬礼をした。

翔一は簡単な会釈を返した。

リビングに通された氷川は出されたお茶を飲もうとして盛大にこぼしてしまい、テーブルを拭いたり湯飲みを片したりしていたせいで話しかけるまで十分近く時間がかかった。

「い、今まで何度も助けてもらって……なんてお礼を言ったらいいか……」

緊張しているせいでぎこちない。

翔一は黙って伏し目がちに聞いている。

「たいへんですよね……アギトであることは、ある意味で悲劇的なことです……そんなわけのわからない運命に翻弄されてしまって……」

「氷川さん……」

翔一がようやく口を開き氷川を見て言った。

「おれを逮捕してください」

氷川は一瞬きょとんとしたが、冗談だと思って作り笑いをした。

「はっ、はっ、はっ。さすが津上さん、おもしろい冗談ですね」

だれが見ても作り笑いとわかる作り笑いだった。

いつもの翔一なら「作り笑いも不器用だなぁ～」とダメ出しをしているところだが、今の翔一はただ暗い顔を向けているだけだった。

氷川が心配して尋《たず》ねる。

「津上さん、いつもと様子が違うようですが、どうかしたんですか?」

翔一は目を落として沈んだ声で答えた。

「おれ、あかつき村事件の犯人なんです……」

「あかつき村事件……」

思いがけぬ言葉を聞いて氷川は驚かずにはいられなかった。

「本当なんです……偶然、記憶が戻って……そしたら、村の人たちがいっぱい死んでて……おれが、真魚ちゃんのお父さんを襲ってて……」

「ちょっと待ってくださいっ！」

氷川は思わず立ちあがり声を荒らげた。

「そんな話は信じられない！　あなたがそんなことをするはずがない！　現にあなたは、アギトはこれまで多くの人々を救ってきたじゃありませんか！」

「……本当のおれは、悪人なのかもしれません……」

「バカな……」

愕然《がくぜん》とソファーに座りこむ。

いったん気持ちを落ち着けた氷川は冷静に答えた。

「たとえあなたが言っていることが事実だとしても、証拠がないので逮捕するわけにはいきません。それに、身柄を拘束されたらアンノウンと戦えなくなってしまう……アギトとして戦い続けるほうが有意義だ」

翔一はかぶりを振ると、手錠をかけてほしいと言わんばかりに両手を突き出した。

「津上さん……」

氷川は呆然とその手を見つめた。

だが瞳に力をこめると、右手でがっしりと翔一の手を握りしめて言った。

「この手は人を殺《あや》める手じゃない……人を守る手だ！」

翔一は自分の手に目を向ける。

氷川の言葉を信じたかった。

だが蘇った記憶がそれを許さない。

あかつき村で流れた大量の血が手にべっとりとまとわりついているように翔一の目には映った。

そんな翔一の状態など構わずアンノウンは活動する。

気配を察知した翔一は反射的に家を飛び出しバイクに飛び乗った。


夜が迫り薄暗くなった中、土手の上で長大な爆炎が上がった。

アンノウンの爆発を瞳に映し、ギルスは伸ばした踵の鉤爪を元の長さに戻してギルスレイダーのハンドルに手をかけた。

そのとき前方からバイクのエンジン音が近づいてきた。

乗り手を見やって目の色を変えたギルスはマシンを急発進させた。

「津上ぃぃぃ――――っ‼」

「葦原さんっ⁉」

翔一が運転するバイクに向かってギルスレイダーが猛スピードで突っこんでくる。

とっさにハンドルを切って翔一は正面衝突を免れた。

だが横転したバイクもろとも土手の下まで転がり落ちた。

その拍子に痛めた腕を押さえながら翔一は起き上がろうとする。

そこに芝の斜面を滑り降りてきたギルスが勢いに乗った跳び蹴りを放った。

翔一は川辺まで飛ばされ、水飛沫《みずしぶき》が上がった。

腕の鉤爪を伸ばしてギルスが近づいてくる。

「おまえは真魚の大切なものを奪った……ここで俺が殺してやる！」

「そうか……葦原さん、それでおれのことを……」

翔一は膝をつきギルスを見据えたまま動かない。

その瞳は覚悟を決めたことを物語っていた。

「あなたも人間じゃないのかっ⁉」

駆けつけた氷川が翔一を守るように立ちはだかった。

「人間が人間を殺してはいけないっ！」

「どけっ！」

ギルスは胸倉を摑み上げて氷川を川へ放り投げた。

「氷川さんっ！」

翔一はギルスににらむような視線を向ける。

すでにギルスは眼前に迫り鋭利な鉤爪を振り上げていた。

「死ねっ！」

翔一は目をぎゅっとつむった。

だがギルスの振り上げられた腕は固まったように動かない。

「何っ……!?」

ギルスはたしかに翔一を貫こうとした。

しかしなぜか自分の意志に反して腕が動かなかった。

「くそっ……どうなってる!?」

呆気《あっけ》に取られていた翔一はふいに土手の上に佇《たたず》む人影を見た。

「真魚ちゃん……」

そこにいたのは困惑や悲しみがないまぜになった表情を湛《たた》えた真魚だった。

振り返ってギルスもその姿を認める。

「真魚……おまえが俺を止めたのか……？」

「………」

「なぜだっ!?　なぜ止めたっ!?　こいつはおまえから父親を奪ったんだぞ！　憎くはない

のかっ！　真魚っ！　真魚っ!!」

真魚は何も語らずに走り去りすぐに見えなくなった。

翔一は真魚が走っていった先をただ呆然と見つめていた。

ギルスの体が溶けるように蠢《うごめ》き涼の姿が現れた。

涼は厳しい目で翔一を一瞥《いちべつ》すると踵《きびす》を返し、ギルスレイダーから元の形状に戻ったバイクに乗って去っていく。

川から上がった氷川はその背中に目を向けた。


アパートに戻った涼はベッドに身を投げ出した。

真魚の記憶が流れこんだとき、父親を失った悲しみや絶望も伝わっていた。

どれだけ真魚がつらい思いをしたかはだれよりもわかっていた。

それなのに真魚はアギトをかばった。

いったい何が彼女にそうさせたのか、涼はそれが気になっていた。

しばらくしてインターホンが鳴った。

ドアを開けると外廊下に立っていたのは緊張した様子の氷川だった。

涼は訝《いぶか》しげな顔を氷川に向けた。

「……なんの用だ？　やり返しにでも来たか？」

「いえ……そんなつもりではなく……」

言い淀《よど》んでいた氷川は意を決して尋ねる。

「僕はあなたのことをまるで知らない。よかったら教えてくれませんか？」

「………」

堰《せき》を切ったように氷川はまくし立てた。

「あなたはどんな人間なんです？　いつどこで、何をどうして変身できるようになったんですか？　あなたの力の源はなんなんです？」

「なぜそんなことを聞く？」

「それは警察官として当然……いえ、たぶん……」

「たぶん何だ？」

「僕も、アギトのようになりたいのかもしれません……」

涼は眉をひそめた。

「津上さんは記憶喪失《きおくそうしつ》で聞きようがありませんが、あなたなら変身のきっかけがわかるはずだ。思い出してください、いえ、いっしょに思い出しましょう」

「もういい、おまえに話すことは何もない」

突き放すように言って涼が閉めようとするドアに氷川は半身を入れ、なおも続けた。

「お願いします！　真実がわかればアンノウンと戦う役に立つはずです！　そうですね、まずは葦原さんの少年時代からはじめましょうか？　お願いしますよ、葦原さん！」

涼はため息をつきドアを開けた。

「葦原さん……」

一瞬、氷川は微笑みを浮かべたが、その直後、涼は拳を振り抜いた。

殴り飛ばされた氷川が外廊下に倒れ込んだ。

「もういいと言ったはずだ！」

言い捨ててドアを閉めようとする涼だが、立ちあがった氷川がドアを掴んだ。

「待ってください、葦原さん……まだ話は終わってません……！」

「こいつ……」

氷川はあきらめない。

どうしても知りたいんだ……アギトの秘密を！

涼は再び拳を固めた。

「葦原さん……」

廊下の一方から声がかかった。

振り向く二人の前に佇んでいたのは沈んだ顔をした翔一だった。

「おれ、どうしていいかわからないんです」

思い詰めた表情で翔一が言う。

「……葦原さんがおれを裁きたいなら、裁いてください」

「何……？」

「津上さん、何を……？」

「お願いします……」

涼は意外そうな目で翔一を見つめた。

自分からやられに来るなんて……おかしなヤツとは思っていたが、正真正銘のバカだ
……こいつ、本当に犯人なのか……？

涼の顔に戸惑いが浮かんだ。

涼はドアを開け、翔一と氷川を招き入れた。


三人はフローリングの床に三角形に座った。

ガラスのテーブルにはお茶も酒もなかったが、何も知らない者が見たら仲のいい三人組に見えるかもしれない。

「悪いがおまえを殺してやることはできなくなった」

涼が切り出す。

「そんな……葦原さん、ずっとおれを狙ってたのに……」

言いながら翔一はすがるような表情を涼に向けた。

「俺は真魚のために仇《かたき》を討とうとしていた……だがもうその必要はなくなった。真魚がそれを望んでいないことがわかったからな」

翔一はうつむいて床を見つめる。

「……真魚ちゃんは、おれを許してくれたんでしょうか……？」

「あるいはおまえの無実を信じたのかもしれない。俺自身、おまえが犯人とは思えなくなっている」

「僕も同意見です」

氷川は力をこめて言った。

「津上さんが犯人であるはずがない」

翔一は顔を上げ、わずかに顔をほころばせた。

「ありがとうございます……信じてもらって、おれ、うれしいです……」

氷川は涼に向かって、

「しかしなぜあなたはそこまで真魚さんのためになろうとするんですか？　真魚さんとの間にいったい何があったというんです？」

涼は嫌悪感に唇を歪めた。

「あんたにはあまり俺たちのことを詮索してほしくない。あんたは普通の人間だ、俺たちとは違う」

そう言われても氷川は怯《ひる》まない。強い口調で言い返した。

「僕はあかつき村事件の際、真魚さんを救いました。今後も彼女の力になりたいと考えています。その思いはあなたにも負けません」

涼と氷川の視線が交錯する。

翔一はかわるがわる二人を見つめた。

沈黙を破るように涼が口を開いた。

「真魚には借りがある……いや、今はそれだけじゃない」

ふと、ためらって声を落とした。

「俺は……真魚に特別な感情を持っているんだ」

突然の告白に翔一と氷川は驚きの色を浮かべた。

「俺は真魚のためなら何でもする。鬼にでもなる。死さえ厭《いと》わない。津上、おまえはどうなんだ？　真魚をどう思っている？」

「もちろん好きです」

翔一は即答した。

「葦原さんも、氷川さんも、みんな大好きです」

言って翔一はにっこりと笑った。

「そういうことじゃない……」

涼は少し怒ったような口調だった。

そういうことじゃない。

「津上さん……」

氷川はうれしそうに翔一を見つめている。

「葦原さん……」

ふいに翔一が居住まいを正した。

「おれたち、これからどうやって生きていけばいいんでしょう?」

涼は真剣な眼差しで翔一に答えた。

「おまえの気持ちはわかる……俺も普通の人間でいたかった……」

「…………」

翔一がうなずく。

その言葉の重みは翔一と涼にしかわからない。

「だが俺は自分を哀れんだりはしたくない。俺が今の俺である意味を見つけたい。いや、俺が俺である意味を、必ず見つけなければならないんだ……!」

自分で自分に言い聞かせているようだった。

これまでどんな目に遭ってきたか具体的に語ったわけではない。

それでもその言葉だけで翔一と氷川には、普通の人間でなくなったことでつらい目に遭い苦しんできたことが察せられた。

涼の瞳には強い決意が宿っていた。

3

これでいいんだよね、お父さん。

わたしは翔一君を信じる。そう、信じるんだ。

翔一君の中に事件の記憶があるとか、翔一君が金色の生物に変身したとか、そんなことどうでもいい。

わたしはわたしが知ってる翔一君を信じる。

叔父さんの家でいっしょに暮らすようになってわたしはそばでずっと翔一君を見てきた。

料理がうまくて、優しくて、気が利いて、いつもニコニコしてて、びみょーなダジャレばっかり言って、みんなが大好きで——。

そんな翔一君があんなひどいことできるわけない。

もしあの場所に翔一君がいたら、自分の身を投げ出してみんなを守ろうとするはず。

うん、きっとそう。

翔一君はそういう人で、だからだれからも好かれて、わたしも翔一君が好きで……。て、べつに翔一君が特別なわけじゃないけど……。

翔一君なんかより、葦原さんと氷川さんのほうが魅力的だし。

……葦原さん、わたしのために翔一君を殺そうとしてた……。

そこまでするなんて……わたしのこと、どう思ってるんだろ？

いっしょにいてもお互いあんまり話さないからわからないんだよね……。

わたしは、葦原さんのそばにいてあげたいと思ってる。

これって、恋？

あぁ……それもよくわからない……今まで恋愛らしいことなんかひとつもしてこなかったもんな、わたし……。

また氷川さんに聞いてみようかな？

氷川さんには本当に感謝している。

事件のとき助けてもらったし、悩み事の相談に乗ってもらったし、わたしのこと気にかけてちょくちょく家に来てくれるし。

頼りになってカッコイイ。

わたしが理想とするお兄ちゃん像にぴったりの人だ。

………………。

これから、翔一君とどう接していこう……？

今までどおりにできるかな？

ちょっと自信ない……。

放課後を告げるチャイムが鳴り響き、三々五々、下校する生徒たちに混じって校門に真魚の姿が現れた。

学校鞄《かばん》を両手で腿《もも》の前に持ち、夏の制服の胸元でブルーのリボンが揺れている。

梅雨が明けたばかりの初夏の空は真っ青に晴れ渡り、真魚は今年初めてのニイニイゼミの声を聞いた。

今日は真魚の十七歳の誕生日だった。

家に帰ったら誕生日パーティをやることになっている。

それは数日前に美杉と翔一が真魚に告げた約束だった。

しかし帰り道を歩きながら真魚の表情は曇っていた。

昨日家を出てから翔一は戻っていなかった。

真魚は涼の前で覚悟を決めたようにうなだれた翔一の姿を思い出した。

あのとき、真魚が止めていなかったら間違いなく翔一は死んでいただろう。

今日も帰ってこなかったらどうしよう、ふと、思った。

嫌な予感が頭をかすめる。

ううん、大丈夫。
あわててそんな予感を振り払った。
翔一君が約束を破るはずがない。
わたしの誕生日パーティをしてくれるって言ったんだから。
ああ、そうだ、もしかしたらもう家で料理をしているかもしれない。
わたしのためにごちそうを作ってくれているかもしれない。
真魚は不器用なスキップをはじめた。
沈みそうな気分を、そうやって無理矢理弾ませてみる。
どんなメニューだろう。
ローストビーフかな。チキンの丸ごとローストとかも捨て難い。
もしかしたら翔一君がハチ巻きを巻いてお寿司を握ってくれたりして。
翔一君ならやりかねない。もしそうならトロをお腹いっぱい食べてやろう。
「翔一君！」
家に着くと真魚は翔一の名前を呼びながらキッチンを探した。
翔一の姿はどこにもない。

「翔一君！」
リビングにも翔一の部屋にもトイレにも。
真魚はもう一度外に走り出した。
そうだ、きっと買い物の途中なんだ。
ならわたしもいっしょにつき合ってあげる。
真魚は翔一を捜して駆け回った。
八百屋を、魚屋を、肉屋を。
すいません、翔一君、来ませんでした？
さあ、今日はまだ見てないね。
飲食店を、住宅街を、公園を、路地裏を——。
翔一君……どこ行っちゃったの……？
出てきてよ、翔一君……！
翔一君っ！
だがどこにも翔一の姿は見当たらない。
だんだん足がふらついてきた。とうに息も上がっている。
早歩きと大差ないスピードになってもなお真魚は翔一を捜して走り続けた。
翔一君……翔一君……翔一君……翔一君……翔一君——。

心の中で名前を呼び続ける。

「真魚ちゃんっ！」

後ろから翔一の声が聞こえた。

真魚は喜色を浮かべて振り返った。

「危ない！」

走り寄ってきた翔一が突然叫びながら真魚を突き飛ばした。

「うっ……！」

翔一が胸を押さえてうめき声を漏らす。

一本の銀色の針がその胸に突き刺さっている。

「翔一君っ！」

真魚は素早く立ちあがり膝をついた翔一に駆け寄った。

その姿をヤマアラシタイプのアンノウン＝ヘッジホッグロードが廃ビルの陰から窺《うかが》っていた。

ヘッジホッグロードは頭部に生えた髪のような鋭い針を飛ばして真魚を狙ったのだ。

「真魚ちゃん、逃げて！」

翔一は胸を押さえながら真魚を背にして、近づいてくるヘッジホッグロードをにらんで声をあげた。

「でも、翔一君！」

「おれは大丈夫だからっ！」

「でも……」

「早く逃げて！　早くっ！」

戸惑いながらも真魚は踵を返して走り出した。

翔一はベルトを出現させて叫んだ。

「変身！」

バックル部から放たれた光を浴びて翔一の姿はアギトに変わった。

天使の輪から抜き出した片刃の剣を振りかざしてヘッジホッグロードが斬りかかってくる。

アギトは巧みな体さばきで連続の斬撃をかわし、鳩尾《みぞおち》に拳を打ちこんだ。

バランスを崩したところにさらに拳を浴びせかける。

金色の角が六本に展開、地面に龍《りゅう》の紋章が現れ、必殺のキックを放つ足に大地のエネルギーが集束していく。

だが――。

「ううぅっ！」

アギトは苦痛に動きを止めた。

変身前に針を受けた胸を押さえている。
ヘッジホッグロードが低く不気味な笑い声を漏らす。
剣先を向けて突進、次の瞬間、剣はアギトの腹部に深々と突き刺さり貫いていた。
「翔一君っ!!」
木陰に隠れていた真魚が悲鳴のような声をあげた。
腹部を貫かれ、アギトの体は地面に背中から沈みこんだ。
変身が解けてアギトが翔一の姿に戻っていく。
さっきまでの青空に灰色の雲が広がっている。
翔一はゆっくりと瞼を閉じた――。

4

青年は外の明るさを感じて目を覚ました。

寝袋から体を出してテントの出入り口を開くと光が目に飛び込んでくる。

山は朝日に照らされていた。

木々の葉も土も、空気でさえ輝いて見える。

テントの外に出た青年は日の光を体いっぱいに浴びて大きく深呼吸した。

と同時に盛大に腹が鳴った。

彼の名は沢木哲也《さわきてつや》。

柔和な笑顔と穏やかな雰囲気を持った青年だった。


釣り竿を持って哲也は近くの小川に足を運んだ。

そこで朝食の川魚を釣り火をおこして焼いて食べた。

顔をほころばせてほくほく言いながら食べていると、ふいに料理のアイデアが浮かんできた。

すぐに傍らに置いておいたスケッチブックを手に取り、漠然としたイメージをレシピにまとめ完成図を描いていく。

哲也は東京の調理師学校に通っていた。

料理人としての才能と探求心にあふれ、和洋のジャンルにとらわれない独創的な料理を作っていた。

実験的に『あんこのスパゲッティ』を試作したときには講師陣も面食らったものだった。

哲也はまだ知らぬ味に出会いたかった。

その情熱は彼を旅に駆り立てた。

調理師学校での勉強を終えた二十一歳の今、哲也は包丁一本を携えて全国を旅して回っていた。

その土地土地で取れる食材を実際にそこで味わい、自身の創作料理に活かすことが目的だった。

朝食を済ませた哲也はテントを収めた大きなバックパックを背負い、行く場所も決めず気ままに歩きはじめた。

旅行ガイドの類はいっさい持っていない。

行き当たりばったりの思いがけぬ出会いを楽しんでいた。

昼を過ぎたころだった。

山間部にやってきた哲也は前方に濃い霧が立ちこめているのに気づいて立ち止まった。

霧は行く手をすっぽりと覆い隠すように広がっていた。

ただの自然現象とは思えなかった。

不安感を覚えた哲也は引き返そうとしたが、そのとき女性の断末魔のような叫びが霧の中から聞こえてきた。

何かあったのかと哲也はおそるおそる霧の中へと足を進めた。

そこは小さな集落のようだった。

ミルクのように濃い霧のせいで日の光も届かず昼間だというのに夜のような闇に包まれている。

哲也はそこで悪夢を見た。

悪夢と思いたくなるような現実なのか、現実のような悪夢なのかわからない。

足の踏み場もないほどびっしりと地面を人間の死体が覆っていた。

それがひとの死骸だとわかるものは少なかった。

ほとんどの死体がめちゃくちゃに引き裂かれ挽《ひ》かれていた。

何人分のものかもわからない内臓がからみ合い重なり合い、それ自体が無縁仏のように堆積している。

哲也はからみつく霧に引きずられるように足を運んだ。

薄くなった霧の間から見える日本家屋から物音が聞こえた。

目を向けると、幼い女の子の手を引いた母親らしき若い女性とその夫と思われる若い男が靴も履かずに飛び出してきた。

その直後、三人を追うように未知の生物が現れた。

真っ赤な目と金色の角を持った生物――。

それはアギトだった。

哲也は恐怖に震えながらアギトを見つめた。

何だ、あいつは……!? まさかあいつが……あいつがやったのか……!?

血が滴《したた》っている膝を押さえて母親がうずくまった。

夫は妻と娘をかばってアギトの前に立ちはだかると、畑にある農業用トラクターに手を向けた。

するとトラクターは重力に反して浮かび上がり、彼が手を振ると同時にアギト目がけて飛んでいった。

その男が使ったのはまぎれもなく超能力だった。

だがアギトは片手で軽々とトラクターを受け止め、ボールでも放るように投げ返した。
ぐしゅっという音がトラクターが壊れる音に交じって聞こえてきた。
下敷きになった彼はもう息をしていなかった。
身が竦《すく》んで哲也は一歩も動けない。
言葉も出ない。
アギトが抱き合って震える母娘に近づく。
その口から意味不明の言葉が発せられた。
「人は人のままでいればいい」
男とも女ともつかない中性的な声だった。
哲也にはその言葉の意味するところがわからなかった。
哲也は何も知らなかった。
なぜアギトはあかつき村を襲ったのか？

哲也は知らなかった。
あかつき村の村民は生まれながらにして何かしらの特殊な力を身につけていた。
ほとんどの者は本人さえ気づかないようなごく弱い力だった。

ちょっとした幸運を引き寄せる力、まれに電気製品を狂わせる力、人の不安や心配をわずかに和らげる力——。

ほかにもさまざまな力があり、真魚の父はごく近い未来を予知する力を持っていた。

このことは村の一部の人間しか知らず、あかつき村では他の村と何ひとつ変わらない普通の生活が営まれていた。

ところが、あかつき村の秘密に気づいた者たちがいた。

警察がアンノウンと名づけた生物だ。

アギトも同じ存在だった。

彼らは人間の未知なる可能性を否定する。

人間を超えた力を持つ者を根絶やしにすべくアギトは現れたのだった。


アギトが震える母娘に向かって一歩を踏み出す。

「やめろ!」

無意識のうちに哲也は叫んでいた。

もともと穏やかな性格の哲也がこんなふうに叫んだのは生まれて初めてのことだった。

もちろん人を殴ったこともない。

だが、今、哲也はわき上がる恐怖と怒りの中で自然と拳を作っていた。

「うわ～！」

叫びながらアギトに殴りかかる。

哲也の拳がアギトの顔面を捉えても、その首はわずかたりとも動かない。

アギトにとってみればただの人間など塵芥《じんかい》のようなものだった。

軽く手を払っただけで哲也の体はたやすく放物線を描き数十メートル先の地面に落ちた。

死んでもおかしくないほどの衝撃だったが、からくもバックパックがクッションになった。

すぐに立ちあがってアギトをにらみつけた哲也はしかし、絶望的な光景に立ちすくんだ。

アギトの手刀が母親と女の子を串刺しにしていた。

哲也は瞬《まばた》きもできなかった。

血塗れの手をアギトが引き抜く。

事切れた二人は静かに倒れて重なり合った。

――!!

哲也の中で種子のようなものが弾け、芽生え、そして開花した。

それは超能力と言えるようなものではなかったかもしれない。
あるいはどんな超能力をも超える力といってもいいかもしれない。
アギトが哲也に近づき、哲也は死を覚悟した。
ふと、哲也は空を仰いだ。
流れる霧の隙間から青空が見える。
ああ、きれいだな、そう思った。
哲也の心は空に飲まれた。
次の瞬間、アギトは光の球となった。
そして弾丸のような速さで哲也の体の中に吸いこまれた。
ハッと哲也は我に返った。
アギトを取りこんだ自分の体をまじまじと見つめる。
外見は何も変わっていない。
しかし体の内側から何かがわき上がってくる。落ち着かない。
突然、姿がアギトに変わった。
とたんに絶叫をあげて哲也は苦しみ出した。
哲也の中では壮絶な戦いがはじまっていた。
封じこめられまいとアギトの意識が哲也の意識を攻撃していた。

アギトの姿のまま哲也は苦しみに耐えながら歩きはじめた。
よろよろとした足取りで村をあとにした。
それから二週間近く山中をさまよい歩き、やがて意識を失って倒れこんだ。
そのときには哲也の姿に戻っていた。
哲也は自分の中のアギトを封印した。
しかしその代償は大きかった。
哲也は記憶を失った。

5

「翔一君っ！　しっかりして、翔一君っ！　寝てないでわたしのお弁当作ってよ！　部屋の掃除してよ！　洗濯もしてよ！　下着洗ってももう怒らないから！　びみょーなダジャレも笑ってあげるから！　今日わたしの誕生日だよ！　ごちそう作るんじゃなかったの！　プレゼントもほしいよ！　この前いらないなんて言ったけどホントは新しい服がほしかったの！　起きてよ、翔一君っ！　翔一君っ！　ねえ、翔一君てばっ！」

道路に手と膝をついて真魚は目を閉じた翔一の顔を見つめながら名前を呼び続けた。

翔一君を失いたくない！

翔一君にそばにいてほしい！

いつまでもずっと、ずっと、ずっと……。

自分でもよくわからなかった翔一への思い。

それが恋だったことに今ようやく気づいていた。

翔一君は死なせないっ！

真魚は翔一の赤く染まった腹部に手をかざした。

そして力を使った。傷が塞がるように念じて。

だが何も起こらない。力が働かない。

「なんでっ⁉　なんでよっ⁉　なんで大事なときにこうなのっ⁉　わたしの力、ちゃんと言うこと聞いてよっ！」

翔一の瞼がかすかに動いた。

「翔一君っ……！」

真魚の顔に希望の色がにじんだ。

瀕死《ひんし》の傷を負った翔一が声を振り絞る。

「そ、そうだ……思い出したぞ……す、すべてを……！　おれは……おれは――」

言いかけたところで突然頭を押さえて苦しみ出した。

こめかみの血管が浮かび上がり、ドクッドクッと脈打っている。

「翔一君……どうしたっていうの……？」

地面の上で何度も身をよじって苦しむ翔一を真魚はただ見ていることしかできない。

こめかみの血管が翔一の顔全体に広がっていく。

激しく体が痙攣《けいれん》し、翔一は血の出るような叫びをあげ、なおも地面を転がった。

ふいに翔一の姿がアギトに変わった。

アギトは平然と立ちあがった。

静寂が、オーラのように立ち上る。

「……翔一君……？」

真魚は戸惑いながら呼びかけた。

だがアギトが目を向けたのは真魚ではなく背後にいるヘッジホッグロードだった。

目配せされたヘッジホッグロードは頭を下げて忠誠の意志を示した。

アギトはヘッジホッグロードを従え真魚に向かって歩きはじめる。

「翔一君……じゃない！　だれっ？　だれなのっ⁉」

「人は人のままでいればいい」

アギトは手刀を振り上げた。

真魚の顔に恐怖の色が浮かぶ。

手刀が振り下ろされる。

そのとき――。

『やめろお――――――――――――――――――――――――っ‼』

アギトの中で翔一の怒りの声が響いた。

『なんで、なんで真魚ちゃんを殺そうとする⁉』

『その女は人を超えた力を持っている』

『人を超えた力……真魚ちゃんが？』

『その力は人が持ってはならない力。我々は人を超える者を裁く者だ。その邪悪なる力を滅ぼす者だ』

『邪悪の力？　違う！　真魚ちゃんの力は人を救うことができる。葦原さんだって力に苦しんでるけど、必死に運命を受け入れようとしている……だれも、だれも人の未来を奪うことはできない！』


突然、アギトに異変が生じた。

激しく胸を掻《か》きむしり、頭を押さえ、なにかに抵抗するように手足をやみくもに動かした。

拳を叩きつけてアスファルトの道路を割り、ヘッジホッグロードを薙ぎ払い、廃ビルの分厚い壁を蹴って粉々にした。

アギトの中で翔一の意識がアギトの意識を抑えこもうと戦っていた。

『だれの未来も奪わせない』

記憶を失っている間もその思いは意識下で息づいていた。

アンノウンとの戦闘に駆り立てたのもその思いだった。

翔一はわけもわからずにアギトに変身して戦っていたが、心の奥底には人を守るという強い思いが秘められていたのだ。

苦しみもがくアギトの姿を呆然と見つめていた真魚はしかし、偶発的に働いた力によって翔一の意識を感じ取った。

同時に、蘇った翔一の記憶が手で触れたときのように流れこんできた。

真魚は見た。哲也があかつき村で見た光景を。

そして知った。村の人たちを、父を殺した犯人がだれであるかを。

真魚の目には涙が浮かんでいた。

「もぅ……まぎらわしいよ……誤解してたわたしがバカみたいじゃない……箱いっぱい折っちゃったじゃない……五百五十六個だよ、新記録だよ、指にマメできたよ……翔一君のバカ……アホ……マヌケ……トマトに頭ぶつけて死んじゃえ――」

そのとき翔一の意識が苦痛の叫びをあげた。

「翔一君っ！」

翔一の意識がアギトの意識に飲みこまれかけているのを真魚は感じた。

真魚は翔一を助けたいと願った。

その思いに呼応するかのように翔一の力が発動した。

「っ――」

真魚は光の球となった。

一瞬にしてアギトの体に取りこまれた。

直後、アギトは天を振り仰ぎ、そのまま動かなくなった。

そして糸の切れた人形のように後ろに倒れこんだ。

時が止まったように静寂が流れた。

「……ん」

真魚が瞼を開く。

光の球になったはずの体は元に戻っていた。

アギトの隣に横たわっている。

たった今アギトの中で翔一と出会った気がしたが、その後何が起こったのかまったく覚えていなかった。

体を起こした真魚は倒れているアギトを見やり翔一の身を案じて声をかけた。

「翔一君、勝ったんでしょ……？　勝ったんだよね……？」

アギトは気がつくとゆっくりと立ちあがって拳を固く握りしめた。

体中のエネルギーが集まっていく。

ついに拳は炎をまとった。

「翔一君……？」

次の瞬間、真魚に向けて炎の拳をくり出した。

真魚は驚いてぎゅっと目を閉じた。

耳元で拳が炸裂《さくれつ》する音がした。

見るとヘッジホッグロードが廃ビルの壁まで一直線に飛ばされていた。

そのとき真魚は、アギトの中にしっかりと翔一の意識を感じ取った。

翔一が自分を守ってくれたことがわかった。

ヘッジホッグロードに打ちこまれたエネルギーはその身の中で爆《は》ぜ、五体を爆発、炎上させた。

翔一の力は真魚の力を一時的に借りてアギトを完全に封印し、アギトの持つ力を今や制御していた。

アギトの拳からは衝撃でうっすらと煙が立ち上っている。

その拳を引くと同時にアギトは力尽きたように倒れて翔一の姿に戻った。

真魚は頭を受け止めてそっと腿の上に乗せた。

「……真魚、ちゃん……おれは……」

翔一が途切れ途切れにかすかな声を漏らした。

つらそうな翔一にこれ以上しゃべらせまいと真魚は遮って言った。

「わかってる……信じてたよ。翔一君のこと」

その言葉を聞いた翔一の顔に晴れやかな笑顔が戻った。
いつも見ているあの笑顔。
再び翔一は瞼を閉じた——。

エピローグ

一年後——。

その日は梅雨時らしからぬ青空が広がっていた。

一週間ぶりに顔を出した太陽が緑ヶ丘学園高等部の校舎の屋上を照らしている。

そこには昼時だというのに常連の少女の姿はなかった。

三年A組の教室では生徒たちが仲のいい者同士で席を寄せ合い談笑しながら昼食を取っている。

その中に真魚の姿はあった。

以前テニス部に誘ってくれた二人の女子と机を合わせていた。

「隙《すき》ありっ！」

「ああっ……もう、またリサにやられた……」

にししと笑ってリサは真魚の弁当箱からさらったかぼちゃコロッケにかじりついた。

「七十五点っ！　真魚の料理もだいぶマシになってきたね～」

「私もいい？　ちくわのチーズ巻きあげるから」

「いいよ、可奈《かな》ちゃん」

「じゃあ、これ、もらうね」

アスパラのバター炒めをひと口食べて可奈は「ボーノ」と言って微笑んだ。

「て、なぜイタリア語よ」

真魚はツッコミを入れながら微笑み返した。

それから三人はテニス部の話題で盛り上がった。

一年前のあの日の後、真魚はずっと思っていた。

特別な力を持っていても、翔一のようにそれにとらわれず自然に生きたいと。

ある日真魚は心に決めた。

他人に対して作っていた壁を壊し、これからは心を開いて生きていこうと。

わたしは普通の人間に生まれ変わるんだ。

よし。どういうわけか今日突然、力が消えてしまったことにしよう。

うん、それがいい。わたしが勝手にそう決める。

そうして真魚はその日から生き生きとした日々を送るようになった。

放課後。

正門前の道路脇に一台のセダンが停まっていた。

バックミラーに正門から出てきた真魚の姿が映ると氷川は車から降りて声をかけた。

休暇を取った氷川はこのあと、真魚とレストランへ行くことになっていた。

小走りで来た真魚に氷川は尋《たず》ねる。

「本当にこんな早くていいんですか？　主役は遅れて行ったほうがいいのでは？」

「いいんです、準備とか手伝いたいし。それより、その格好……」

真魚は氷川が着ている服をまじまじと見た。

シングルブレストの黒のジャケットに黒のスラックス、そして黒の蝶ネクタイ。

タキシードだ。

「どうです、なかなか似合っていると思いませんか？」

自信ありげに蝶ネクタイをくいっと引っ張る。

「は、はい、とっても……」

言いつつ、真魚は無駄に気合入れすぎと思った。

氷川は真魚を助手席に乗せるとエンジンをかけて車を出した。

シートベルトをしながら真魚が思い出して言う。

「この前ニュースで見ました、氷川さんの活躍。不可能犯罪で亡くなった被害者の遺族をアンノウンから守ったんですよね」

「僕一人の力ではありません。G3チームによるサポートのおかげなんです」

謙遜ではなく本心からそう思い、氷川はチームのメンバーに感謝していた。

いっこうにおさまる気配のない不可能犯罪に対し、北條の発案でG3システムは量産、組織化された。

その中で氷川はエースとして三十体以上ものアンノウンを倒す働きを見せていた。

また北條も念願の装着員となりアンノウンの駆逐に貢献していた。

ことあるごとに澄子と北條は意見が食い違うが、今では当たり前のことと思って氷川は気にも留めていなかった。

ただし澄子はストレスが溜まるらしく焼き肉に行く回数と生ビールを飲む量が三倍に増えていた。

「あの……葦原さんのこと、何かわかりましたか？」

真魚が心配そうな顔を向けて尋ねた。

「いろいろと手は尽くしているんですが、まだ何も……」

氷川は申し訳なさそうに答えた。

「そうですか……」

言いながら真魚はうつむく。

「元気を出してください。僕が必ず葦原さんの行方をつきとめてみせます」

そう励ましたところで警察無線が入った。

「氷川君、休みの日に悪いんだけど、アンノウンに殺害されたと思われる遺体が三鷹《みたか》市の井《い》の頭《かしら》公園で発見されたわ。すぐに現場へ向かってちょうだい」

氷川は真魚を降ろしてセダンをUターンさせた。

「すいません、真魚さん。レストランへはあとで必ず」

窓を下ろしてそう告げると赤色灯を回してアクセルを踏みこんだ。

「頑張ってくださーい！」

エールを送る真魚に氷川は窓から手を出して応えた。


レストランへの道を歩きながら真魚は小指を見つめた。

涼とユビキリした小指。

ときどきバイクに乗せてもらう約束だった。

涼を最後に見たのは真魚が翔一をかばった土手だった。

その後翔一への誤解が解けてからアパートを訪ねてみたが、涼はどこかに引っ越していた。

葦原さん、どこ行ったんだろ……？

わたし、嫌われちゃったのかな……？

高架下のトンネルを抜けて真魚はとぼとぼ歩いていく。

そのときトンネルの闇の中には真魚の背中を見る殺意を秘めた目が光っていた。

蛇タイプのアンノウン＝スネークロードだ。

アンノウンは氷川と別れた真魚のあとをつけて徐々に距離を縮めていた。

だがその歩みを男の声が止めた。

「その女に手を出すな」

呼び止められてスネークロードが振り返る。

トンネルの入り口に外の光を背にして立つ人影が見えた。

スウェットのフードを目深にかぶって顔を隠しているが、その男はまぎれもなく葦原涼だった。

涼には真魚に起きたことがわかっていた。

あかつき村事件の真犯人を知ったこと、翔一への思いに気づいたこと。

以前真魚に触れその記憶を覗《のぞ》き見たとき以来、涼の心はずっと真魚とつながっていた。

たとえ離れていても真魚の気持ちが涼の琴線に伝わってくる。

涼は、真魚が翔一といっしょになって幸せになることを望んだ。

そのために自分がすべきことはひとつしかない。

そう決意して何も告げずに姿を消したのだった。

涼は小指を見つめた。

約束を守れなくてすまない……。

スネークロードに鋭い眼光を向けて涼は駆け出した。

涼は人知れずアンノウンと戦い、真魚を守り続けていた。たび重なる戦いと変身でその体は傷つき、老化し、醜く変わり果てていた。

今、もし、真魚が涼を見てもそれが涼だとはわからないかもしれなかった。

真魚さえ幸せでいてくれたらそれでいい……。

それで俺は生きていける……。

「俺が俺であるのは、真魚を守るためだっ！」

変身した涼の咆哮《ほうこう》がトンネル内にこだました。


そのレストランは繁華街から離れた閑静な住宅街にぽつりとあった。

お世辞にも広いとは言えない小さな店だった。

創作料理を得意とするその店の主人は今、ハシゴの上でハミングしながら楽しそうに飾りつけをしていた。

壁や天井に花飾りや輪飾りをつけて、エントランスを入ったところに『真魚ちゃん、誕生日おめでとう』の吊り看板を取りつける。

ちょっと斜めかな？

そう思い首を傾けて見ていると、そこにちょうど真魚が入ってきた。

「翔一君、ちょっとやりすぎ……」

真魚は店内いっぱいの飾りつけを見やりあぜんとしてつぶやいた。

「あ、真魚ちゃん……！」

ハシゴの上で首を傾けたまま振り返った翔一は予定より早い主役の登場に驚いた。

記憶を取り戻した翔一は美杉家を出て一人暮らしをはじめ、夢だった料理人になって創作料理の店を開いていた。

その店を貸し切りにして真魚の誕生日パーティをやろうと言い出したのは翔一だった。

あとで美杉やテニス部の友人たちも来ることになっている。

去年は重傷を負った翔一が病院に運ばれて誕生日パーティどころではなかった。

今年は去年の分まで盛大にしようと翔一は考えていた。

「いいじゃない、これくらい華やかなほうが。年に一度の祝い事なんだしさ」

翔一がいつもの笑顔を向けて言った。

「それもそっか。じゃ、わたしも手伝うね」
真魚はテーブルに置かれた花飾りを手に取って壁に取りつけた。
その様子を見て翔一は微笑みを浮かべ、吊り看板の傾きを整える。
小さな店は翔一と真魚によって飾りつけられていく。
店の玄関には店名を記した木製の看板が下がっている。
そこにはこうあった——。
MANNA（マナ）
それは天からの恵みの食べ物を意味する言葉。
もう折り紙でからっぽの箱を折らなくてもいいかもしれないと真魚は思った。

完

岡村直宏 | Naohiro Okamura

1977年千葉県生まれ。脚本家。日本大学芸術学部文芸学科卒。

主にアニメの脚本を手がける。

代表作は『すもももももも～地上最強のヨメ～』『メイプルストーリー』『イナズマイレブンGO クロノ・ストーン』など。

講談社キャラクター文庫 002

小説《しょうせつ》 仮面《かめん》ライダーアギト

2013年1月31日　第1刷発行
2020年2月25日　第5刷発行

著者	岡村直宏《おかむらなおひろ》 ©Naohiro Okamura
監修	井上敏樹《いのうえとしき》
原作	石ノ森章太郎《いしのもりしょうたろう》 ©石森プロ・東映
発行者	渡瀬昌彦
発行所	株式会社　講談社
	112-8001　東京都文京区音羽2−12−21
電話	出版（03）5395-3488　販売（03）5395-4415
	業務（03）5395-3603
デザイン	有限会社　竜プロ
協力	金子博亘
本文データ制作	講談社デジタル製作
印刷	大日本印刷株式会社
製本	大日本印刷株式会社

ISBN 978-4-06-314852-7 N.D.C.913 286p 15cm
定価はカバーに表示してあります。Printed in Japan